Rupert Berndl – Genau a so is

Rupert Berndl

Genau a so is

SüdOst Verlag

ISBN 978-3-89682-187-4

Illustrationen von Rupert Berndl

www.suedost-verlag.de

Inhalt

Des voraus:

Dieses Buch möchte in Form heiterer Mundartgedichte, kurzer Anekdoten und humorvoller Erzählungen von alltäglichen Geschehnissen und persönlichen Erlebnissen aus dem ganz normalen Leben berichten. Dabei versuche ich durch präzise Beobachtung hinter die Dinge, unter die Oberfläche zu blicken und dabei durchaus liebenswerte, menschliche Schwächen aufzudecken.

Sicherlich haben Sie schon ähnliche Situationen erlebt und können sich mit den beschriebenen Szenen deshalb vielleicht identifizieren. Jedenfalls möchte ich Sie zu der Einschätzung „Genau a so is!" bringen.

Als Heimatpfleger sind mir die gesprochene heimische Mundart und damit ihr Erhalt ein großes Anliegen. Ich nutze deshalb in meinen Gedichten deren variantenreiche Vielfalt und Ausdruckskraft und versuche, die farbigen Zwischentöne und Abstufungen der Umgangssprache zur Schilderung alltäglicher Geschehnisse, eigener Empfindungen und Anschauungen einzusetzen.

Um meine Texte im gesamten bayerisch sprechenden Raum, mit seinen zahlreichen mundartlichen Unterschieden einigermaßen flüssig lesen zu können, schien es mir nötig, eine allgemein gültige bayerische Mundart zu verwenden. Es ist daher wünschenswert, dass Sie beim Lesen Ihre ganz persönliche, in Ihrer Heimat übliche Mundart einsetzen.

Zwischen die verschiedenen Geschichten und Gedichte sind immer wieder kurze Zwiegespräche eingefügt, die einer Erläuterung bedürfen. An einer Hausecke am Marktplatz unserer kleinen Stadt steht in Granit gemeißelt eine fast lebensgroße Figur, etwa aus der Mitte des 19. Jahrhunderts. Als sogenannter Radabweisestein war es seine vordringliche Aufgabe, diese Mauerecke vor Beschädigungen durch allzu eng um die Kurve biegende Fuhrwerke zu schützen.

Als Wahrzeichen Waldkirchens wird er im Volksmund „Der stoanane Hans“ genannt. Wegen seiner farbenprächtigen Biedermeier-Hochzeitstracht nennt man ihn auch „Den ewigen Hochzeiter“. Sein Blick richtet sich auf seine „Stoanane Gretl“ am gegenüber liegenden Haus. Sie trägt ebenfalls eine reich verzierte Biedermeier-Hochzeitstracht, wie sie eben von den Frauen zu diesem Anlass getragen wurde. Zwar sind die beiden füreinander bestimmt, sind aber mit ihren jeweiligen Häusern so eng verbunden, dass sie nicht zueinander gelangen können. Deshalb „Ewige Hochzeiter“! Nur einmal im Jahr, zu Silvester, um Mitternacht, sagt man, könnten sie eine halbe Stunde miteinander reden. Diesen kurzen Zeitraum nutzen die beiden, um möglicht alles anzusprechen, was sie so das Jahr über beobachteten, sahen und hörten.

Da tauschen sich die beiden sowohl über örtliche Begebenheiten, als auch über die große Politik aus, prangern Missstände an, oder machen sich über Ereignisse und Personen lustig. Ihre Zwiegespräche sind häufig von beißendem Spott und Ironie geprägt.

Rupert Berndl

Gesundheit und ihre Nebenwirkungen

I nimm scho zua, wenn i in der Zeitung
des fett Gedruckte lies!

Im Wartezimmer

Beim Schneerama as Kreuz verrissn!
Öfter scho! D´rum a mei Wissn:
Da hilft koa Vollbad und koa Schwitzn,
i muass zum Dokta, brauch a Spritzn.
Um halbe siebne in da Früah
steh i beim Hausarzt vor der Tür.
Drin geht´s scho rund, i stell mi o.
Vor mir fünf Weiber und oa Mo.

Und hinter dera Anmeldbudl
da wuslt umanand a Rudl
Helferinnen. Jung, adrett.
De mehran freindle und recht nett.
De Ältre nimmt d´Patientn auf.
Ab dann erst kriagt de Sach sein Lauf.

Zerst fragt mir de a Loch in Bauch:
Wie schwer i bin, und ob i rauch?
Wie schreib´n ma uns, wo wohn ma denn?
San sie scho amoi bei uns da gwen?
Ham sie an Überweisungsschein?
Wie schaut´s bei eahna aus mit´m Wein,
mit Bier und Schnaps und Alkohol?
San sie ganz nüchtern oder voll?
Samma verheirat, hamma Kinder?
Sie schaun net aus, ois warn´s da Gsünder!

Wann samma geborn, wenn ja, dann wo?
„Da hint´n übern Gang is s´Klo“,
sagt sie auf d´Frag von am altn Mann
und dann bin i schon wieder dran.

De möcht oiss wissen, radebutz.
Wo bleibt denn da der Datenschutz?!
Vor alle Leut mei Lebn ausbroatn!
I bin zwar net von dera Sortn,
aber an jedn geht net oiss was o,
was i hab, des sehg i so!
Und sie fragt und fragt und hört net auf
nach Krankenkass und Lebenslauf,
deckt mi mit Fragen restlos zua,
i muass oiss sagn, sie gibt koa Ruah!

Und i steh krumm, vor Schmerz ganz schiaf,
s´Kreuz tuat weh, i schnauf ganz tiaf.
Dann endle hat sie oiss derfragt,
de Datn durch´n Computer g´jagt.
I drah me um und will grad geh,
da schreits ma nach: „So bleibn´s doch steh!
Zerscht no zehn Euro Grundgebühr!
dann gehngans nei bei dera Tür!“
Sie deut auf´s Taferl „Wartezimmer“.
Mei Kreuz, des wird jetz oiwei schlimmer!

Und i hatsch nei in Warteraum
und trau dann meine Augen kaum:
Zwoa Stui no frei, oiss ander b´setzt!
Jetz hab i in da Früah so g´hetzt,
dass i ja gleich zu de Erstn g´hör,
weil s´Steh und s´Sitzn fallt mir schwer.
I sehg´s scho, da wird´s lang zum Wartn,

und i bin koana von de Hartn,
de an Schmerz vertragn ois war des nix.
I brauch a Spritzn, Himme fix!

„Habn´s es im Kreuz?“, fragt mi a Frau,
„sie san ganz blass, is eahna flau?“
„Es geht scho“, sag i und heb ma drauf
vom Tisch da drübn a Zeitschrift auf.
De halt i mir dann glei ganz dicht
vorsichtshalber vor mei G´sicht.

I mag koan Ratsch, will mit neamd redn.
Aber de andern, de erzähln am jedn,
was eahna fehlt und wo´s es druckt,
von am Ausschlag, wia der greisle juckt.
Drei Stoa hat oana in de Niern,
da andern fehlt´s vielleicht im Hirn,
weil´s es oiwei umanandadraht,
da ander hat se in Fuaß neig´maht,
wieder oan plagn d´Hämoritn,
der kann net sitzn, steht in der Mittn,
mit der Leber hat oans an Verdruss,
a Mo beschreibt sein Darmverschluss,
der andern fehlt´s scho lang im Magn,
de Dürre drent hat a G´wächs am Kragn,
wo ma net woaß, is guat, is bös,
der G´wampat hat koa Bluatgefäß,
an Meniskus hat´s am Buam zerfetzt,
der ander hat se am Dama verletzt.

Jetz bringan´s no oan auf einer Bahre,
man glaubt, des war da Binder Kare,
der oiwei umanandasauft
und dann mit seiner Oidn rauft.

Sie red´n von Krankheit und von Not,
von Bluat und Krebs, Urin und Tod,
von Leut, denes ganz greislig geht,
für oanige war eh oiss z´spät.
Und ob´s dir recht is oder nicht,
von allen hörst de Krankengschicht.
I vertrag des net, mia wird ganz übl,
noch ein Wort und i brauch an Kübl!

I kann da nimma länger bleib´n
sonst hebt´s me und dann muass i speib´n.
I stemm mi auf, und schiaf und krumm
verlass i des todkrank Publikum

über´n Gang in´s Treppenhaus –
schnell in de frische Luft hinaus.
I schnauf tiaf ei und mia wird besser
und net amoi mit zehn, zwölf Rösser
bringst mi no amoi in a Wartezimmer.
Weil dort wird oisse no vui schlimmer.
Da halt i liaba d´Schmerzn aus
und hol mia an Doktor dann in´s Haus!

Da fallt mir jetz mei Vater ei,
der hat de Schmerzn oiwei glei
mit seinem Hausmittel vertrieb´n:
Mit Schnaps in Stamperl, Stucker siebn.
Und des, so hat er mi belehrt,
hat se im Kriag dortmals bewährt.
Tablettn, Spritzn hat´s net gebn,
drum habn´s mit Alkohol dann eben
an Schmerz bekämpft und niederg´runga,
des Elend in de Knia neizwunga.

Hat´s damals g´holfn, hilft´s heut a!
Des war doch g´lacht, beim Sakkara!
I geh zum Wirt, trink Schnaps und Wein.
Mei Oide, Bua, de wird se g´freun!

An Doktor kannst dir glattweg sparn,
trinkst du statt Safterl viel vom Klar´n!
Mia hat´s g´holfa, s´Kreuz ok!
Dafür hab i jetz Schädelweh!

Fleischskandale

Gretl: Gell, d´Metzger jammern in letzter Zeit a gewaltig! D´Leut essn immer weniger Fleisch und Wurst.

Hans: Des braucht einen aber a net wundern!... De kloana ehrlichn Metzger leidn unter de Fleischskandale von de Großn!...
D´Schlachtabfälle habns verwurschtlt!... Und des Gammelfleisch! Über dene eahnane Tiefkühlhallen kreisn ja scho d´Aasgeier!...

Gretl: Bei dene hängan manche Fleischbrockan scho so lang umanand, dass im Stempl no da Reichsadler drin is!... Dene eahna Billigfleisch schaut aus, als hättn sie´s in der Gerichtsmedizin g´stohln!

Hans: Lauter Baze!... Die haben keinen Charakter nicht mehr und kein Gewissen!... Bloß no s´Geld habn´s im Kopf!... G´schäft, Umsatz, Reibach!

Gretl: Losganga is schon vor Jahren mit dem Rinderwahnsinn... de BSE-Krise... neamd hat mehr a Rindfleisch gessn, ma hat g´fürcht, dass ma narrisch wird!

Hans: Dortmois hat unser Pfarrer auf Weihnachtn sogar an Ochsn aus´m Kripperl aussag´nomma vor lauter Angst!

Die Waage

Da Dokta moant, mei Überg´wicht,
des sehgat ma scho in meim G´sicht.
Doppelkinn und dicke Backn,
d´Augndeckl dean owesackn,
Tränensäcke, d´Ohrn zuagschwolln,
da G´sundheit dat i da koan G´falln.
Wenn i mi net besinna tät,
dann war vielleicht oiss schnell zu spät,
bald kam a Krankheit über mi
und bis i schau, bin i dann hi.

Blutdruck, Leber, Niern und Zucker,
i könnt mi ja scho kaum mehr bucka.
„Und des, des sehg i an deinm Bäuchl,
dass deine Drüse fürn Speichl
die Fresserei bald nimmer schafft.
Des is ihr z´fett, da fehlt ihr d´Kraft.
Des packn de Organe nimmer
und wennst net aufschaust, wird´s no schlimmer!
Du muasst vom G´wicht, und des ganz flott,
weil, duast du weiter in dem Trott,
hauts di vom Stangl, wirst net alt,
nimmst du net ab mit aller G´walt.“

„I möcht ja eh, des derfans glauben,
vielleicht tua i bloß schlecht verdaun“,

sag i zum Dokta, mach eahm klar,
dass meine Knochen san recht schwar.
Glühweinhüttn, Würstlstand,
Leckerl, Bier und Obstlerbrand
und de Haufa Weihnachtsfeiern
dean des Fett auf d´Rippn leiern.

Silvester hab i an Vorsatz g´fasst,
dass i ab jetza ganz streng fast.
Zwoa Tag hab i des dann dapackt,
dann hat mei Tante nachegfragt,
ob mir zu ihrm Geburtstag kemman,
es war für sie am allerscheenern,
wenn alles kamat, kloa und groß,
es gab an Schweinsbratn mit a Soß,
Apfestrudl, Himbeertortn,
Kaffee, Bier verschiedne Sortn.

Mir samma hin, da kannst net aus,
mit Kind und Kegl, Mann und Maus.
Und i hab dreing´haut bis auf d´Nacht,
des hat mir überhaupt nix g´macht.

Mei Elend is, i ess oiss auf.
Des hab i no von früher drauf.
Isst net zamm, hoaßts „schmeckt´s dir net?“,
kriagst mit der Hausfrau recht a G´frett.
Und scho ois Kind, derfst net vergessn,
hab i scho oisse zamagessn.

Am Teller hat nix z´rückbleibn derfa,
weil Essbars derfst net weggawerfa!
„Des san oiss Ausredn“, moant der Dokta,
denkt kurz nach und schließle sagt er:
„Um di mach i mir ernsthaft Sorgn,
und liaba heut no, ois wia morgn
muasst du dei Lebn umgestaltn,
vor allem ändern s´Essverhaltn!

Pralinen, Schoko und de Nüss,
Alkohol, ab jetz vergiss!
Müsli, Suppn und vui Birn,
Obst und Gmüas san guat für´s Hirn.

Viel Bewegung, renna, laufa,
vor allem muasst dir a Waage kaufa!
Gewichtskontrolle, des muass sein,
des motiviert, du wirst di freun,
wenn d´Pfunde grad so runterpurzln.
Mir packn s´Übel an de Wurzln!“

Er hat ja recht, da muass i durch,
auch wenn i innerle gscheid fluach.
Er lasst net nach, redt an mi nauf,
bis i mir dann a Waage kauf.
De steht im Bad jetz nebn der Tür
und jedn Tag in aller Früah
stell i mi nauf, kontrollier mei G´wicht
und mach dann meist a langes G´sicht,

denn s´Abnehma geht furchtbar zahg.
Vielleicht stimmt ebbs net mit der Waag!
Steig i auf d´Waag, geh i zerscht aufs Klo,
weil i, i bin um jeds Gramm froh,
des sich da ausserschindn lasst.
Mei Waag is mir grad so verhasst,
wie oana, der die Wahrheit spricht.
Auf die is a niemand erpicht!
I stell mi allweil ganz nach vorn
samt Hühneraugn und Fersnsporn,
weil, da kannst tricksn, da bist g´ringer,
und wennst di dann mitm kloana Finger
a bissl aufs Bidet noch stützt,
dann spannst es glei, dass des was nützt!

Des bringt ein Kilo, des is g´wieß,
und tuast dann no dei künstlichs Bieß
außa, und legst d´Bruin auf d´Seitn,
dann sehgst es deutle und von weitn,
dass sich des auswirkt auf dei G´wicht.
Auf des bist schließle ja erpicht!

Mitm Essn hab i mi z´rückgehaltn,
dafür hab i jetz überall Faltn.
Es hat halt einfach oiss zwoa Seitn,
zwar hab i jetz vui weniger Weitn,
hab d´Angst vor Krankheitn verlorn,
aber schöna bin i gwieß net wordn!

Oiss is giftig

Hans: D´Leut sagn, a Schwiegermutter is wia a Erkältung... sie kommt, wennst gar net damit rechnest und anbringa duast as so schnell nimmer!

Gretl: Weilst grad von de Schwiegermütter redst... stell dir vor, an Hinterberger sei Schwiegermutter habns neule in Münchn drobn dafahrn!

Hans: A Stadt is hoit a Stadt!

Gretl: Glaubst as, du bist scho sowas von frauenfeindlich! Guat, dass es eine Emanzipation und den Feminismus gibt!

Hans: An Feminismus gibt´s bloß, damit man de Emanzn in G´sellschaft bringt!...
De mehran von dene san so greisle, dass nix anders zum Verhütn brauchan, ois wia eahna G´sicht!
Überoi dreimischn, a Schilddrüsnüberfunktion, zaudürr, a randlose Bruin und fettige Haar, a uralts G´wand, radlfahrn wia verruckt, damits de negativn Energien aussaschwitzn... und am Gepäckträger a Körbl voll Biogmüas... de mehran san eh Vegetarier.

Gretl: Ja, pfui Deife!... Da lang i scho!...
Für mi is a Vegetarier nix anders, wia a Biotonne! Dabei is der ganze Vegetarismus ein solcherner Schmarrn!... weil fürs Viech kimmts aufs gleiche naus, ob mans umbringt, oder ob man eahm s´Fuada wegisst!

Hans: Aber heut woaßt ja eh nimmer, was´d essn sollst!... Oiss is giftig!...
Im Schweinefleisch is so vui Chemie drin, dass´d auf einer Mettwurst an Film entwickln kannst... und wennst a Briafmarkerl abschleckst, hast mehra Schwermetalle aufgnomma, ois wennst zwoa Kilo holländisch Gmüas isst!...
Überhaupt dat i mir wünschn, dass ab sofort de holländischn Bauern eahna Gmüas selber essn müassn!

Die Bioware

Unsere Nachbarn lebn sehr bewusst.
Er essat gern nach Herzenslust
Schweinsbratn, Knödl, Kraut und Wammerl,
Rohrnudl mit Soss und fette Rammerl.
Er wissat scho, was eahm guat schmeckert,
doch woaß er a, dass sie dann meckert,
wenn er bloß tramt von derlei Freuden.
Stattdessn Kefir, recht an oidn,
Körndlfutter, wia für d´Vögl
und ganz vui Fisch. Dann in der Regel
zehn Mal Gmüas auf vierzehn Tag!
Für normale Menschen eine Plag.

Und trifft bei eah, um Himmels Wuin,
alle Vierteljahr as Kartenspuin,
dann is des wia zum Sündn büassn,
was mia da wieder essn müassn:
Nix wia Greazeig und Spinat,
Löwenzahn und Blattsalat.
Ohne Gschmack und ohne Soiz,
bloß koan Butter und koa Schmoiz.
Da muasst di dahoam erst viereessn,
sonst kannst des Zeug net owepressn.

Sie kennt an jedn Biobauern
und duat des ganze Jahr bloß lauern,

wo´s ebbs recht Gsunds daglanga ko.
Derbarma duat ma bloß ihr Mo!
Sie schwört auf Eier von de Henna,
de frei umanandalaufa kenna.
Nia gibt´s a Fleisch, nur Sojastampf
und aus´m Wok an Biomampf.
Es gibt koa Bier und a koa Wurst,
bloß Leitungswasser für´n Durst.

Trotz Vollkornbrot und Naturreinsäfte
fehlts scheinbar an de Abwehrkräfte.
A jeder Virus, zwingts ins Bett
und ihra Mo, der hat dann s´Gfrett!

Zitronen pressn, Kamillntee kocha,
wenn´s net so ernst war, wars zum Lacha!
Wadenwickl, nix Medizin.
Vielleicht is da was Giftigs drin.
Gurgeln mit am Kräutersud
is guat fürs Hirn und reinigt s´Blut.
Mit Kandiszucker Zwiefe röstn
is zwar greisle, huift am bestn!

Nach fünf Tag is no oiwei krank.
Bei eahm liegn jetz scho d´Nervn blank.
Er pflegts zwar guat, doch s´Zeig geht aus,
drum schicktn sie jetz außer Haus
in Marktplatz nei zum Wochenmarkt.
Dort, wo er sonst sei Auto parkt,

da is der greane Ökostand,
der is gefüllt bis nauf zum Rand.
Sie schärft eahm ei und tragt eahm auf,
dass er guat aufschaut bei seim Kauf!
Nur Bioware derf er nehma,
mit anderm Glump braucht er net kemma.
Tomaten, Gurken, zwoa Pfund Bohnen,
drei ungespritzte Saftzitronen,
vom Biowinzer blaue Traubn.
„Des wenn i iß, des derfst ma glaubn,
bin i bald gsund und aufm Damm.
Und jetza renn und reiß di zam!“

Er nimmt sein Huat und macht se fort
zum Marktplatz nei, in der Mitt vom Ort,
schaut umanand, is voller Freid,
is endle wieder unter Leit.
Er trifft den oan, ratscht mit am andern,
und bei dem Umanandawandern
siehgt er auf oamoi und kanns kaum fassn,
aussakemma aus da Seitngassn
sein oidn Schuifreind Hansi Stieß.
„Ja sag amoi, bist as a gwieß?“
„Ja freile bin es, wia geht´s denn dir,
du oida Batze, mia kimmt via,
dass mir scho seit ganz vielen Jahren
nimmer beieinander waren.
Geh, gehnma doch ins Gasthaus nei,
de Wirtin wird se sicher gfrei.

Und allerhand gibt´s zum berichten,
vui neie und vui oide Gschichtn!“
Da sagt er drauf: „Des war scho recht,
aber heit is des ausgsprocha schlecht.
Verschiamas hoit einfach auf morgen,
denn heut hab i no vui zum B´sorgn:
So Biozeigs für mei kranks Wei,
da wenn i z´spät kam, de dat schrei!“
Da Hanse schüttelt drauf an Kopf.
„Morgen bin i fort, du oida Tropf!
Geh weida, trink ma hoit a Hoiwe,
a Lüngerl, Brezn und a Loawe
wird´s no daleitn! Jetz is neine!
Geh, gehnma a weng ins Wirtshaus eine!
Eh bloß a guade hoiwe Stund,
und dann kaufst ei, und d´Frau wird gsund.“
„Na ja, wennst moanst, in Gottes Nam,
so schnell kema wirkle nimma zam.“

Sie hocken nieder, erzähln und scherzn.
Und eahna Lacha kimmt von Herzn,
erzähln de Gschichtn, wie´s dort war,
als Ministranten am Altar,
was für Stückl gliefert habn,
beim Schui neifahrn mit der Eisenbahn.
S´Lüngerl hams scho längst verschlunga,
de vierte Hoiwe a scho trunga.
Vor lauter lacha, trinkn, essn
hams doch glatt auf d´Zeit vergessn.

„Schnell no zahln und naus beim Tempe,
i brauch doch no den Biokrempe!“

Aber oh Schreck, oh Pein, oh Not,
der Marktplatz is scho mausetot!
Kein Biostand mehr weit und breit.
„Was tua i jetz bloß, Leit, oh Leit!“
Da Hanse hat de Lösung scho:
„Mir gehn zum Aldi, guada Mo!
Gmüas und Obst aus der ganzn Welt
is dort zum haben für wenig Geld.

Früchte gibt´s da, oans wia s´ander!
Was tuast denn da lang umanander!
Garantiert, dass des bestimmt net gspannt.“
Sei Spezi aber druckt umanand:
„Mit Obst und Gmüas aus dene Kistn
lasst sich mei Frau net überlistn!
Auf der Stell dat sie des aussaspürn,
wenn´s ebbas genmanipuliern,
und s´Biozeigs is nia ganz gleich,
des oa is hart, des ander weich.
Greislig muass des Glump ausschaun,
dann hat mei Oide erst Vertraun.“

„Wenns sonst nix is, dann is des Beste,
mir kaufa Filzstift, wasserfeste
und maln dann Schrundn, Male, Spaltn,
Dregfleck, Riss und kloane Faltn

auf Tomaten, Birn und Bohnen,
d´Äpfe dean ma a net schonen.
De werf ma draußn auf de Erd,
net, dass sie sich auf d´letzt beschwert,
s´Obst war z´schee, deswegn net gsund!
Und de Zitronen, des ganze Pfund,
des hau ma nebn dem Fahnamastn
in den kloana Spiel-Sandkastn.
Und is oiss greislig, sandig, dreckert,
dahaut, dabatzt und recht stark gfleckert,
dann wickln ma´s in d´Zeitung nei.
Wirst sehgn, dei Weiberl wird se gfrei!“

Und genauso ham´s es nacha gmacht.
Sei Frau hat se de ganze Pracht
angschaut und war ganz begeistert,
wia ihra Mo den Kauf gemeistert.
Ungeschält hats oiss verputzt,
und es hat tatsächlich gnutzt!
Am nächstn Tag wars scho vui besser.
Und seitdem schwört sie bis aufs Messer,
dass Biowar´ nur ungespritzt
gegen jede Krankheit nützt!

Mode – oder Schönheit muss leiden können

De Vögl, de am buntan san, singan am schlechtan!

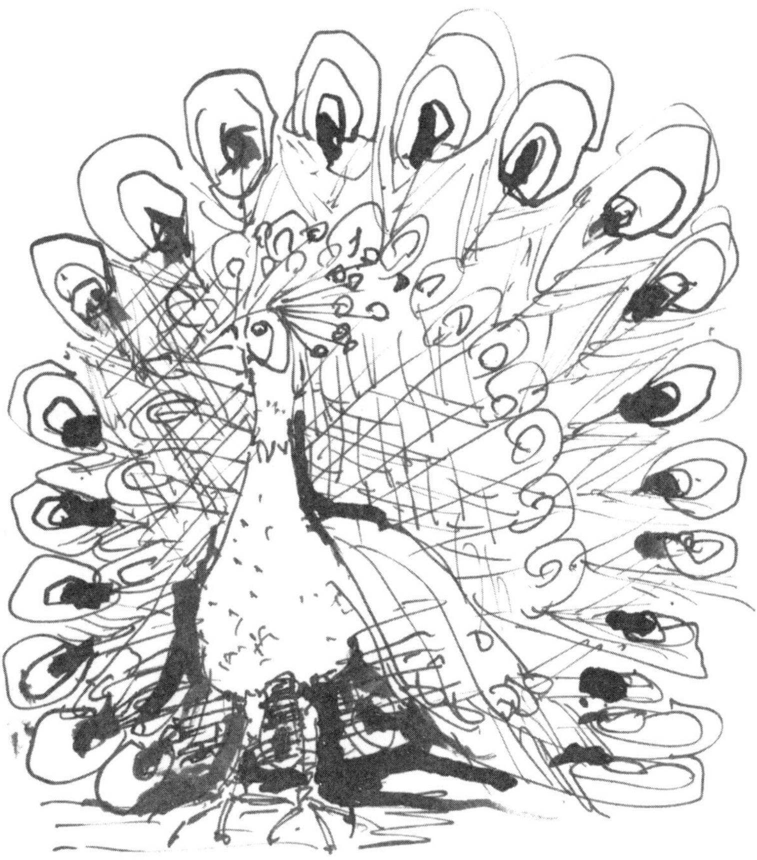

Oben nackert

Gretl: Also, de Mode heutzutag is nicht mehr zum anschaun... De junga Leut san heut beinand! So was G´schlamperts!
D´Buam mit eahnane zrissna, weitn Jeans, an Zwickl habn´s zwischn de Knia... des schaut aus, ois hättn´s in d´Hosn g´macht!
Und Dirndl erst!...
Alles was halbwegs unter Anwendung physischer Gewalt in extrem strapazierfähige und dehnbare Neoprenfetzn einepresst werdn kann, derf se Bikinifigur nenna... und möglichst weit ausgschnittn... dass de net friern?

Hans: De Narrischn frierts net, de werdn bloß blau!... Obn halbert nackert, aber unten solche Trümmer Pelzstiefl, dass´d moana kannst, sie san grad in an Yorksher-Terrier einedatscht!...

Die Rache

Die Tante meiner Frau hat demnächst Geburtstag. Den Neunzigsten! Sie ist soweit gesund und gut drauf, wie man so sagt. Eine quicklebendige, unternehmungslustige Frau, stets heiter und an allem interessiert. Wir mögen sie alle. Geschenke will sie nicht, dafür möchte sie die komplette Verwandtschaft bei einer Familienfeier sehen. Das ist ihr einziger Wunsch, der mit der ihr eigenen Klarheit vorgetragen wurde. Sie ist kinderlos geblieben, ihr Mann ist bereits vor Jahren gestorben. Und nachdem wir sie sehr schätzen, sagten wir natürlich zu.

Optisch unterstrichen werden derlei interfamiliäre Auftritte durch ein dem Anlass angemessenes Outfit. „Wer ist die Schönste im ganzen Land“ heißt das Stück, das im zeitlichen Vorfeld der Feierlichkeiten zur Aufführung gelangt. Die Ouvertüre wird dabei stets eröffnet durch eine in erhöhter Stimmlage etwas weinerlich, aber doch durchaus fordernd vorgetragene Feststellung: „I hab nix zum anziahgn!“ Worauf dann ein leicht Mitleid heischendes „Was solln denn de andern denga, wenn i mit dem oidn Fetzn anrück!“ folgt, das durch ein hinten drauf gesetztes „ha!?“ verstärkt wird. Dies ist als Appell an das Selbstwertgefühl des Partners und natürlich auch Sponsors gedacht. Ein mit einem leichten Anflug von Zorn angefügtes „Ja, wer samma denn!?“ zielt darauf ab, dieses Empfinden des so Angesprochenen noch zusätzlich zu vertiefen. Darauf werden im ersten Akt noch schmähende Bemerkungen über den Inhalt der weiblichen Abteilung des Kleiderschrankes geäußert. Mehrfach. Sich steigernd. Bis sich dann im zweiten Akt der Aufführung durch den relativ kurzen Auftritt der ziemlich gleichgültig wirkenden männlichen Hauptfigur ein erster Höhepunkt ankündigt. Dieser gipfelt dann in dem heroisch vorgetragenen Satz: „Dann kauf da hoit was!“ Das löst beim weiblichen Part augenblicklich überraschend zärtliche Blicke aus. Zunächst nicht für möglich gehaltene nette Bemerkungen bezüglich einer ungeahnten Großzügigkeit schließen sich an, die dann in die liebevoll vorgetragene Schlussbemerkung des zweiten Aktes mündet: „Dann fahr ma! Geh weiter!“

So ähnlich liefen auch bei uns die Vorbereitungen zu Tantes Geburtstagsfeier ab. Da aber meine Frau weiß, wie ausgesprochen ungern ich Bekleidungsgeschäfte aufsuche und ohnedies als ungeduldiger und fachlich inkompetenter Textilberater gelte, ersparte sie mir das Auswählen und Suchen nach dem Passenden. Sie meinte, ich solle sie nach circa zwei Stunden im Modehaus abholen. Und für den Fall, dass sie dann wider Erwarten noch ein paar Minuten bräuchte, solle ich mich in eine ruhige Ecke zurückziehen. Außerdem könne ich von dem zu erwartenden Angebot des Personals bezüglich einer Tasse Kaffee oder eines Glases Pils Gebrauch machen.

So gab ich also meiner Angetrauten den respektablen Vorsprung von gut zwei Stunden, ehe ich mich auf den Weg in Richtung Stadtmitte machte. Zufällig war soeben einer der begehrten Parkplätze direkt im Zentrum frei geworden. Glück gehabt! Also fuhr ich, vorschriftsmäßig rechts blinkend, um meinen Besitzanspruch an der

Parklücke für alle Nachfolgenden anzumelden, neben den zukünftigen Vordermann. Dann begann ich das bei Fahrschülern so gefürchtete Rückwärts-Einparkmanöver, das trotz fortgeschrittenen Alters immer noch ganz gut gelingt. Da sehe ich, gerade noch rechtzeitig, im Rückspiegel einen knallgelben Automobilwinzling in meine anvisierte Parkbucht zischen. Zorniges Staunen ob soviel Frechheit. Sauerei! Lümmel elendiger! Aber bis ich mich zusammen mit meiner Wut aus dem Auto herausgezwängt hatte, um zum wortreichen Gegenangriff überzugehen, war diese schäbige Person bereits ausgestiegen und machte sich in die entgegengesetzte Richtung aus dem Staub. Offensichtlich ohne auch nur den leisesten Anflug von schlechtem Gewissen.

Weiblich, ziemlich gedrungen, stattlicher Umfang, rötlich blond, Frisur einem explodierten Rosshaarbesen nicht unähnlich, auffällige Kriegsbemalung und ausgesprochen stämmige Beine. Ein zweifellos etwas oberflächliches Urteil, das auf Beobachtungen beruhte, die durch Zorn getrübt waren. Auch die darauf folgende abgrundtiefe Verachtung trug zugegebenermaßen nicht zur Neutralität meiner Wertung bei. Was sollte ich tun? Nachplärren? Nicht meine Art. Außerdem wurden die Autofahrer, die durch das Manöver am Weiterkommen gehindert waren, bereits deutlich sichtbar ungeduldig. Also: Einsteigen, durchatmen, ein paar Mal schlucken, losfahren, mit Grimm abhaken. Parkplatz suchen. Ziemlich weit draußen. Fußmarsch. Missmutig das Modehaus betreten.

Frau ausfindig gemacht. Wie befürchtet noch in der Probierphase. Stapelweise Textilien in der so- genannten engeren Wahl. Kontrollierter Rückzug in eine textile Schmollecke. Pils nach dem Ärger! Kein Kaffee! Zu schwach als Mittel gegen den Verdruss. Noch ein Pils. Es wird allmählich angenehmer. Gelassenheit. Gleichmut macht sich innen breit. Wurstigkeit.
Was soll´s?!

Nun saß ich also in mein Schicksal ergeben, geduldig wartend da und beobachtete das geschäftige Treiben um mich herum. Plötzlich merkte ich, dass ich aus einem einschläfernd ruhigen Stimmengewirr, ein typisches Kleiderberatungsgespräch herauszufiltern begann, und dieses in der Folge sogar bewusst belauschte. Die beiden Protagonisten blieben mir wegen zahlreicher verchromter Kleiderständer und Umkleidekabinen verborgen. Sie agierten hinter mehreren fahrbaren Spiegeln, die wegen einer leichten, mit freiem Auge nicht wahrnehmbaren Wölbung auch einem etwas übergewichtigen Kunden eine Traumfigur vorgaukeln. Dieser Umstand war durchaus dazu angetan, diesen in eine gesteigerte Kauflaune zu versetzen.

Dame: „Und Sie glauben wirklich, dass mir das steht?“

Verkäuferin: „Aber ja doch, gnädige Frau, das lässt Sie noch weiblicher, noch verführerischer wirken.“

Dame: „Meinen Sie nicht, dass das Blaue mit den Streifen mehr streckt?"

Verkäuferin: „Keinesfalls, gnädige Frau! Streifen wirken bei Ihnen, mit Verlaub, viel zu streng. Das würde ich eher negativ sehen. Streifen laufen klar gegen Ihr Temperament...
Sie sind doch ein heiterer, fröhlicher, geselliger Typ!"

Dame: „Stimmt... Ihre präzise Beobachtungsgabe möchte ich haben, Ihren sicheren Blick! Aber trotzdem... meinen Sie nicht, dass der Rock etwas länger sein könnte?...
wenigstens Mitte Knie?"

Verkäuferin: „Das mag bei anderen schon zutreffen... aber Sie, gnädige Frau, Sie können sich das doch wirklich leisten...
beneidenswert, diese Beine...
da wird Ihnen so mancher bewundernd hinterherblicken!"

Dame: „Glauben Sie tatsächlich?...
Na, gut, wenn Sie das so sehen!...
Wie kommt man bloß zu einem so untrüglichen Auge?"

Verkäuferin: „Schulung, gnädige Frau, immer wieder Schulung...
ich würde Ihnen noch ein passendes Cape empfehlen... Moment."

Offensichtlich hatte sich die Verkäuferin entfernt, um weitere Teile anzuschleppen, denn es folgten jetzt einige Minuten Pause in dem interessanten Gespräch. Vor meinem geistigen Auge nahmen die zu dieser belauschten Szene gehörenden Menschen langsam Form an. Sehr reizvoll!

Verkäuferin: „Sehen Sie... weich, anschmiegsam...
schlüpfen Sie ruhig mal rein!...
wie für Sie gemacht...
vom ersten Augenblick an werden Sie
sich in dem Stück wohl fühlen."

Dame: „Aber... eigentlich wollte ich doch nur...
meinen Sie nicht, dass das etwas zu
auffällig ist für meine Größe...
zu, wie soll ich sagen, zu grell?"

Verkäuferin: „Niemals, gnädige Frau, Sie können
wirklich alles tragen...
und das hier, wie für Sie maßgeschneidert! Wie das Ihre Figur umspielt!...
beneidenswert...
und jetzt noch ein leichter Schal...
das ist jetzt noch
das Tüpfelchen auf dem „I"!...
der bildet den krönenden Übergang
zwischen oben und unten, unterstreicht
Ihr klassisches Profil!...
jetzt geht nur noch ein freches,
jugendliches Hütchen ab...
einen Augenblick!"

Offensichtlich hatte sich die Verkäuferin abermals auf den Weg gemacht in eine andere Abteilung, um weitere Accessoires herbeizuschaffen. Ich war richtig neugierig geworden. Da musste doch nebenan eine wahre Traumfrau eingekleidet werden, ein Engel mit Modelmaßen. Die wollte ich sehen! Also stand ich auf, und mit dem mittlerweile dritten Pils in der Hand schob ich behutsam einen Spiegel auf Rollen zur Seite und lugte zwischen Kostümen und Wolljacken durch, um einen Blick zu erhaschen auf das vermutete Superweib. Beinahe wäre mir das schlanke Pilsglas entglitten bei dem Anblick, der sich mir nun bot. Steht da doch unzweifelhaft meine Parkplatzräuberin! Und trotz einer bereits ziemlich abgekühlten Wut fiel das vormals gefällte Urteil keinen Deut besser aus. Im Gegenteil! Zu meiner Frau hätte ich angesichts solcher textiler Entgleisungen gesagt: „Ja, wia hams denn di zamgricht! Ja, mächst maschkera geh?" Knallbuntes Kleid, groß geblumt, viel zu kurz angesichts der prallen Radlerwadln, ein leicht pinkfarbener Schal um den gedrungenen Hals, schwarzer, wollener Umhang, mit Silberfäden durchwirkt. Scheußlich! Aber anstatt Mitleid empfand ich so etwas wie Schadenfreude. Und gerade wollte ich mich wieder dezent zurückziehen, da nahm ein zugegeben verwerflicher Plan in mir Gestalt an: Rache!

Als ihr die wirklich geschickte Verkäuferin einen weiteren Ladenhüter andrehen wollte, verließ ich mein Versteck und schlenderte wie zufällig an der Szene vorbei.

Ich blieb scheinbar interessiert stehen und mischte mich in das Beratungsgespräch ein. Genauso abgebrüht, wie es das geschulte Personal offensichtlich praktizierte. Im Vorübergehen griff ich mir aus einem Ständer eine unglaublich hässliche, tiefrote Schirmmütze, so eine, wie sie unsere alte Nachbarin immer auf hat zum Schneeräumen. Mit einem Bewunderung vortäuschenden Blick nahm ich meiner Kontrahentin, begleitet von einem ehrfurchtsvollen „Sie gestatten, gnädige Frau", mit zarter Hand die von der offiziellen Beraterin hier platzierte Scheußlichkeit behutsam vom Kopf und setzte ihr stattdessen das rote Monster vorsichtig in das rotblonde Gestrüpp. „Perfekt!", raunte ich ihr schamlos zu.

Die Gesichtsfarbe der Verkäuferin war inzwischen von einem engagierten blassrosa in tiefe Röte gewechselt. Wahrscheinlich fühlte sie sich durchschaut. Mein Opfer aber war einfach sprachlos. Die Frau brachte nach kurzer Unschlüssigkeit völlig erstaunt ein unsicheres „Wie kommen Sie dazu... also so etwas ist mir auch noch nicht passiert!" hervor. Das sollte entrüstet klingen. War es aber nicht! In ihr kämpfte etwas. Das war deutlich zu erkennen. Sollte sie sich meinen dreisten Auftritt verbitten oder...? Schließlich siegte die nicht ganz zu unrecht sprichwörtliche weibliche Eitelkeit, die Heiratsschwindler immer wieder erfolgreich sein lässt. Bis sie sich unter immer noch zweifelnden Blicken schließlich zu einem „Sind Sie vom Fach?" durchrang. „Ich bin Künstler, gnädige Frau! Und als solcher stets offen für Farbe und

Form, bemüht um Harmonie und Proportion, mit einem, so hoffe ich wenigstens, einigermaßen geschulten Blick für Ästhetik und das Schöne an sich!“ Ich weiß auch nicht, welcher Teufel mich ritt und mir solch angeberische, mir ansonsten fremde Worte in den Mund legte. Auf alle Fälle mussten sie meine Ausführungen völlig aus dem Konzept gebracht haben. Ihr Blick bekam etwas Samtenes, deutete auf einen totalen Realitätsverlust hin. Ein Blick, so wie er sich beim weiblichen Geschlecht im Alter zwischen 13 und 82 einstellt beim Anblick eines Hansi Hinterseer oder Christian Kohlhund.

Jedenfalls beflügelte mich dieser Umstand sehr und ließ mich die damit verbundene Macht über das andere Geschlecht erahnen. Ich wollte unbedingt noch einen draufsetzen, um die Grenzen dieser Art Gehirnwäsche zu ertasten. Es war eine Art Rauschzustand. So als hätte ich einen schier unfehlbaren Einfluss auf das textile Kaufverhalten meiner Mitmenschen. Da erinnerte ich mich der Objekte in den Schaufenstern unten in der Passage, die ich unlängst alle eingehend betrachtet hatte, als ich wieder einmal die Zeit des Wartens auf meine bessere Hälfte zu überbrücken hatte. Angesichts der Modekatastrophen, die da zur Schau gestellt wurden, war ich heilfroh, dass sich meine Frau einen für meine Begriffe ganz passablen Geschmack bewahrt hatte. Besonders aus der Lederabteilung mit den extravaganten Taschen und ausgefallenen Schuhen waren mir etliche Entgleisungen in Erinnerung geblieben.

Und das alles, was mir da gerade durch den Kopf ging, ließ mich zur Verkäuferin sagen: „Ach, springen Sie doch bitte rasch runter in die Schuhabteilung und holen Sie noch passende Schuhe. Stiefel! Lang, Plateau, apricot würde den bezaubernden Eindruck noch steigern! Und dazu eine Tasche, gesmokt, mit breiten Riemen, ultramarin, frech, jugendlich, modern!" Kaum erkennbar fiel der so Angesprochenen zunächst die Kinnlade leicht nach unten. Sie war kurzzeitig perplex, fing sich jedoch erstaunlich schnell wieder und machte sich tatsächlich auf den Weg. Dabei besaß sie die Dreistigkeit, mir listig zuzuzwinkern. Unmissverständlich gab sie dadurch zu erkennen, das grausame Spiel durchschaut zu haben.

Lässig, einem Pascha gleich, das Pilsglas in der Hand, nahm ich in einem der bequemen Sessel Platz und bewunderte sichtlich zufrieden mein Werk.

„Meinen Sie nicht, dass das alles sehr ausgefallen und vielleicht zu gewagt ist?", meinte mein Opfer, während es vor dem Zauberspiegel eigenartige Pirouetten zu drehen begann. Mit dem Brustton tiefster Überzeugung erwiderte ich: „Aber ich bitte Sie, gnädige Frau, das unterstreicht doch vollendet Ihre jugendliche Erscheinung, offenbart Ihren bekennenden Mut zum Außergewöhnlichen." Und mit einem hin gehauchten „Wenn Sie meinen!" schlüpfte sie in die von der Modeberaterin zwischenzeitlich angeschleppten Hochschäfter.

Nur unter Aufwendung erheblicher Kraft wurden diese über die üppigen Waden gezogen und zeichneten sich nach erfolgreicher Prozedur als kräftige Wölbungen im weichen Leder ab. Die Umhängetasche war dann der Gipfel, was ich mit den Worten kommentierte: „Wirklich ein Gesamtkunstwerk, gnädige Frau, einfach bezaubernd! Das sollten Sie sich alles gönnen!“ Mit einem glücklichen Lächeln blickte sie in den Spiegel, in dem sie was weiß ich zu erkennen glaubte, drehte sich einige Male und machte sich mit einem geseufzten „Also gut!“ auf den Weg zur Umkleidekabine. Sieg!

Trotzdem war ich froh, und wahrscheinlich auch die Verkäuferin, als mich meine Frau rief. Sie war mit ihren Einkäufen fertig, und so konnte ich mich verdrücken, ehe meine Parkplatzkontrahentin wieder auftauchte. Beim Weggehen hörte ich sie zwar noch sagen: „Wo ist denn der freundliche ältere Herr?“. Aber dann waren wir auch schon außer Hörweite.

Lustreisen

Gretl: Was i b´sonders ungerecht find, des is, dass lauter Männer in de Parlamente drinsitzn! Schau dir doch zum Beispui unsern Bundestag an! Fast nur Männer! Aber oiss laufad besser, wenn überall Frauen an der Spitze warn!

Hans: Ja freile! Dann hättn d´Männer gar nix mehr zum sagn!... Vui Männer redn dahoam scho im Schlaf, weil des de oanzige Möglichkeit is, dass amoi zu Wort komman! Manche Männer kamatn überhaupt net zum Redn, wenn se eahnane Frauen net ab und zua d´Zähn putzn datn!... Und schau dir doch de Politikerinnen an!! De mehran haben an Charm, wia a Kartofflmaultaschn... Haare habn´s beinand, dass ma eahnane Frisör wegen unterlassener Hilfeleistung einsperrn müasst!... In Himme kimmt von dene amoi koane, weil Drachen höchstens 100 Meter hoch steign!... Und de von de Greana... wia de scho ozogn san!... Moana kannst, sie dean mit bei dem Wettbewerb

„Wer wird Bundeskanarienvogl“!...
So manche von dene Giftspritzn wennst redn hörst, dann hältst sogar Zeckn und Quallen für verschmuste Haustierrassn!...
Wenn de in der Weltgschicht umananda-fliagn, dann san des koane Auslands-besuche, sondern dann müassat ma des „Leut daschrecka“ nenna!

Gretl: So ein Schmarrn!... Und was is, wenn d´Männer das Sagen habn?...
Nix wia Affären, Skandale und Schwei-nereien!... Lustreisn machns und fliagn in der Weltgschicht umanand!

Gegen die Natur ist kein Kraut gewachsen

Manche Leut san wia d´Kartoffl. Dene gehngan d´Augn erst auf, wenn´s im Dreck steckn!

Der Klimawandel

Heut Nacht hats gschneit, und des gscheid nass,
im Gartl drunt des lange Gras
is zuadeckt mit am weißn Duchat.
Da wars koa Wunder, wenn ma fluachat!
Da November is erst acht Tag oid
und scho an Schnee und greisle koid!

An Klimawandl kann i net erkenna!
Um d´Schneehex hoaßts da eher renna!
„Dass d´Erd wird wärmer“ hams g´orakelt,
drum steht mei Schaufe no verpacklt
hinter de Winterroaf im Keller.
„D´Temperatur steigt oiwei schneller!
D´Gletscher schmelzn, s´Wasser steigt!
De Menschheit hätt des oiss vergeigt!
Ganz Holland dat total vaschwindn,
war überschwemmt, nicht mehr zum finden!
Auf hoaße Zeitn soi ma uns richtn!
Dattln und Palmen statt unserne Fichtn!
An Tannenbam kannst glei vergessn,
der wird bestimmt vom Käfer gfressn!
Der g´naglt unsere Wälder zam!“
Aber was mia jetz für a Aussicht ham!
„Ein freier Blick von jedem Buckl!“
A so sollns werbn da drin beim Google!
„Bald wachsn d´Erdnuss, d´Feign und d´Kiwi

draußt im Gartn in an Kübe,
auf Weihnachtn wird de Wies zum mähn,
im Januar kannst as Gras aussän!"
Gjammert hams und g´lamentiert!
A Lug war des!... Nix is passiert!

Dass d´Viecha sterbn, is a dalogn.
Was is da net oiss zu uns zogn!
Da Luchs, da Wolf, da Elch, da Bär,
dene Viecher werdns ja kaum mehr her!
De Wissenschaftler... lauter Narrn!
Nix wird´s mit dem Brennholz sparn!
Und i hab heuer koa Heizöl g´nomma!
Weil´s uns versprochn ham an Sommer
mit Blütn, Bleame und am Klee
statt Eis und Kältn, Frost und Schnee.

A Gschroa verbringens und ein Gezeter:
„Schnee gibt´s bloß no über 2000 Meter!"
An Dreg!... Wenn i ausm Fenster schau,
wird mir im Magn drunt ganz flau!
600 Meter is unser Höh
und oiss is weiß, dick voller Schnee!

So an Expertn wenn i dawisch...
den jag i eine untern Tisch!

Tapferkeitsmedaille

Gretl: De junga Leut heiratn heut nimmer... und i versteh´s a!... Wennst a so umanand schaust, in den meistn Ehen krieslt´s ganz gewaltig... d´Leut san unzufrieden, wolln andauernd was Neues erlebn. Sogar die reiferen Damen suachan se junge Lover.

Hans: Und de junga Frauen möchtn am liaban drei Viecher: An Nerz zum umhänga, an Jaguar zum fahrn und an blädn Hund, der des oiss zahlt!... Und bis ein Mann des gspannt, is er schon im Hafen der Ehe... und dann wenn´s z´spät is, merkt der erst, dass er a Kriegsschiff dawischt hat! Woaßt du eigentle, warum de Böller-schützn bei einer jedn Hochzeit schiaßn?

Gretl: Naa, warum denn?

Hans: Weil immer g´schossn wird, wenn der Kriag angeht!... Ja, ja, so a Ehe is net einfach!
Bei de Männer geht´s im erstn Jahr der Ehe um d´Vorherrschaft, im zwoatn geht´s um die Gleichberechtigung und ab´n drittn Jahr geht´s um´s nackte

Überleben! A Ehering is für einen Mann so was wie eine Tapferkeitsmedaille!... D´rum sag i owei, de Pfarrer, de verdienen es gar nicht, dass net heiratn derfan!

Gretl: Geh, so schlimm is a wieder net!... Du, da haben se neule a paar Frauen bei mir da über ihre Männer unterhaltn. Sagt de oane: „Mein Mann ist ein Engel!“, drauf sagt de andere: „Hast du ein Glück, der meine lebt no!“... De dritte hat se über ihren Mann beschwert, weil er sich halt überhaupt nicht mehr um sie kümmert, und dass er es wahrscheinlich gar nicht merkat, wenn sie sterbat. „Des lesat i dann scho in der Zeitung“, hat der drauf gmoant.

Hans: I hab auch a Gespräch zwischn zwoa junge Frauen mitkriagt! Sagt de oane: „Oiso, dei Bua schaut dein´m Mo oiwei ähnlicher!“ Moant de ander: „Und des schlimmste is, man kann überhaupt nix dagegn macha!“

Die Schneckenplage

Bei dem Regn und dera Nässn
vom Juni nei bis zum August
haben d´Schneckn oisse zamagfressn,
was i pflanzt hab z´erst mit Lust.
Petersil, Basilikum
habn´s auf d´erst glei weggabutzt
und d´Zucchini, des is dumm
habn´s bis zum Erdreich owegstutzt.
Am liabern mögns Tomatnpflanzl,
des derfts ma glaubn, i kenn mi aus,
von dene steht bloß no a Schwanzl
vom Terracottahaferl raus.

De Miestbrietschna, oiss machans nieder,
ob nackert oder mit am Haus,
de Viecha san ma so stark z´wider!
Und obndrein hab i an Graus!
Rot und fett und voller Schleim
kemmans abends aussakrocha.
I wenn´s bloß sehg, kannt i scho schbeim!

Und soiche Viecha dean d´Leit kocha!
D´Franzosn essn´s mit Genuss.
Für de is des a Delikatess!
Seit Neuestem packt´s a da Russ
mitsamt am Häusl, jede Größ.

Deswegn deans es jetz scho züchtn,
mir scheint, da gibt´s a no a Geld.

De mehran awa dean´s vernichten,
putzn´s weg von dera Welt.
Manche sammeln´s eimerweis
und fütterns dann de Antn.
Für de war des a Lieblingsspeis
behauptn unsere Tantn.
Streust Schnecknkorn, dann müssn´s leidn,
da bläht´s eah d´Mägn, da treibt´s es auf,
des siehgt a Blinder scho von weitn.
Da dean´s ma leid, da verzicht i drauf.
S´Ertränkn war ganz ohne Schmerz!
Zerschneidn, z´stückeln oder z´tretn,
des bring i oiss net über´s Herz:
Da muass doch no was anders gebn!

I wirf´s bei da Nacht jetz übern Zaun
soweit i kann, bestimmt zwanzg Meter,
dann müssn halt de Nachbarn schaun,
wia´s eahna her werdn, dene Fretter!

Hormone

Gretl: D´Leut achtn heut scho wirkle auf eahna G´sundheit und auf die Figur!...
Alle wollns schön sei und möglichst lang lebn.

Hans: Manche lebn so gsund, dass wia neu sterbn!...

Gretl: Und jetz möchtns scho wieder a neue G´sundheitsreform, weil die Kostn explodiern... Die Medikamente san einfach z´teuer!... Jetz hoaßts sparn, sparn, sparn!

Hans: Statt einem neuen Gebiß zahln de Kassn bloß no an Pürierstab!...

Gretl: Aber seitdem de Kassn de Brilln nimmer zahln, sehgn d´Leut besser!... Heut traut se ja koana mehr krank werdn!...
Wenn heut oana am Bau an Schüttlfrost hat, dann nehmens´n zum Sandsiebn her!

Hans: Und jetz de Gaudi mitm Nichtraucherschutz!... Überoi gibt´s an Nichtraucherschutz, bloß dahoam net!... Da wird qualmt!... Früher habns im Kinderzimmer a Babyphon g´habt, heut installierns an Rauchmelder!

Gretl: Weilst grad von de Baby redst... gell, de Deutschn werdn immer weniger. Bei uns da herin im Woid is des ganz schlimm!... De junga Leut ziahgn weg, und Kinder kemman a kaum mehr auf d´Welt!... Und koana woaß an Rat!

Hans: I wüssat scho a Mittl!... Damois nach der Fußballweltmeisterschaft hats doch a so an Babyboom gebn!... Da müassatn halt unsere Politiker schaun, dass mir so eine babyträchtige Sportgroßveranstaltung zu uns rein kriagatn!... Wenn d´Leut lustig san, klappt de Sach halt wahrscheinlich einfach besser!

Gretl: Geh, des hängt doch mit de Hormone zam!

Hans: Was is denn des?

Gretl: Mei, des is halt so a bestimmter Stoff im Hirn!... Wennst da Freude und Glück empfindst, dann schütten die Hormone und Endorphine wia narrisch!...
Und des gibt dann schöne, kluge Kinder... vorausgesetzt, d´Eltern san g´scheid und schön!

Hans: Ah, jetz versteh i des a... weil neile hab i a Gespräch mitkriagt zwischn zwoa junge Väter. Da hat der oane gsagt, dass sei Frau erst vor a paar Tag entbundn hat, aber wia er den Buam g´sehn hat, hat er an Storch daschossn.

Freizeit, Erholung und der ganz normale Wellnessstress

Wenn´st sehgn wuist, was Fast Food aus de Menschn macht, muasst in d´Sauna geh!

Der Koffer

Wennst fortfahrn wuist, muasst Koffer packa.
Im Speicher drobn steht unser Racker,
a semmelgelber mit Innenfuada,
groß und schwar, a recht´s Trumm Luada,
mit am Ream müass ma´n allwei zammabindn,
weil bei dem is obn am Deckl hintn
a Scharnier kaputt seit der Hochzeitsreise.
D´rum helf ma uns da auf unsere Weise:
Derquer a Ream, derlängs a Schnua,
da geht nix auf, des hoit fest zua.
Vor Jahren wollt ma an neia kaufa,
san von einem Gschäft ins andere g´laufa.
Was´s da oiss gibt, ma mächt´s net glaubn,
da kimmst ja gar net zam mit´m Schaun.
Koffer gibt´s in jeder Größ,
haufaweis, glei ganze Stöß.
Lederne mit Stoff ausg´schlagn,
de san uns z´teuer, brauchst net fragen!
De Dunkla mit der harten Schale,
de warn zum Fliagn des ideale!
De oan san z´kloa, de andern z´groß,
wieder oa haben a Zahlenschloss.
Weil mia net wissen, was ma woin
den welchn, dass mia nemma soin,
haben mia jetz de Entscheidung troffa,
mia bleibn bei unserm oidn Koffa!

Das Zahlenschloss

A Koffer mit am Zahlenschloss,
aus Plastik, fest und nicht zu groß,
der war scho recht, bloß der Verdruss,
woaßt du womögle dann am Schluss
im Urlaub in deim Fremdenzimmer
die Zahlen vom Geheimcode nimmer!

Wia kimmst jetz in den Koffer nei?
Zwoa Möglichkeiten falln dir ei:
Du kannst mit am Hammer d´Schlösser z´haun.
Aber dann muasst dir um an neia schaun!
Und der kost dann bestimmt vui Geld
in diesem Kaff am End der Welt.

Und lasst´n zua, dann hast koa G´wand,
weil der is voll bis nauf zum Rand
mit Unterhosn, Hemdn, Söckl,
Badeschlappn, Schuah mit Stöckl,
Pullover und Toilettenbeidl
und von der Frau de Sommerkleidl.
Des Zeug neu kaufa und ersetzn,
von einem G´schäft in´s andere hetzn
kost no mehr Geld, is unerschwinglich!
D´rum rat ich dir, und des ganz dringlich,
wenn´s Hirn nachlasst, dann kauf dir bloß
koan Koffer mit am Zahlenschloss!

Mülltrennung

Gretl: D´Wirt jammern neuerdings a stark!... D´Leut gehngan nimmer zum Essn!... De müassn sparn!... S´Geld sitzt nimmer so locker!... Und a geschultes, freundliches Personal is a schwer zum kriagn!...

Hans: Da hast recht! An dem fehlt´s gewaltig!... Wia de mit de paar Urlauber umgehn! So was Unfreundlichs!... Da hat neule a Urlaubsgast zu der Bedienung g´sagt: „Was können Sie mir heute empfehlen?"... Sagt de drauf: „Guade Zähn oder a anders Lokal!"... Und wia er dann gessn g´habt hat, sagt er zum Ober: „Ich hab schon mal besser gegessen!!"... Sagt der drauf: „Aber net bei uns!"

Gretl: Und de Junga gehngan überhaupt nimmer in d´Wirtshäuser, de fahrn zum McDonald`s und kaufn se des Fastfood-Graffe!... Da brauchan´s net amoi aussteign... da glangans eahna des Zeug direkt beim Fenster rein!... Oiss is eigwicklt, lauter Schachtln und Tütn!... Was da Müll produziert wird!

Hans: Aber den trennens schon im Auto!...
Links werfn´s d´Flaschn und d´Dosn
naus und rechts d´Schachtln und d´Tütn!

Die Reisetasche

Wia wars mit einer Reisetaschn?
Die hätt zwoa Henkl und vier Laschn,
und tiaf is de, da geht was nei!
A jede Frau dat se da gfrei!
Denn was da Platz hat, kaum zum glaubn,
a Reisetaschn is a Traum
für jede Roas und Urlaubsfahrt,
ganz modern und sehr apart!
Bloß, wenn de voll is, ja verreck,
bring i de von der Erd net weg!
Wennst de vollstopfst ent und drentn,
wiegt der Deife glatt zwoa Zentn!

Fußball

Gretl: I freu mi schon a so auf des nächste Bayern-Spiel!... De habn jetz a ganz a guate Mannschaft beinand!... Desmoi könntns scho wieder amoi gwinna!

Hans: Oiso, so guat san de a wieder net! Manchmoi stelln sa se scho gscheit o! Und oiwei wieder verlierns!... Woaßt du eigentle, wann der FC Bayern München zum ersten Mal schriftlich erwähnt wurde?

Gretl: Naa, wann denn?

Hans: De werdn sogar schon im Alten Testament erwähnt, weil da heißt es: „Sie trugen seltsame Gewänder und irrten planlos umher!“... Und überhaupt komma ma de meistn Fuaßballprofi vor, wia Parkuhrn: Sie stehngan umanand, und der Verein stopft s´Geld eine!... Und trotzdem sitzn d´Leut vor de Fernseher und schaun se de Spiele a!

Gretl: Erfahrungsgemäß verfolgt ein Drittl der Bundesbürger die Spiele im Fernsehen, der Rest greift auf herkömmliche Schlaf-mittl zurück!... Des braucht einen aber auch nicht wundern, wenn oiwei weniger

	Leut zuaschaun!... Denk doch bloß an die Schiedsrichterskandale... so vui Betrügereien! De kommen amoi alle in d´Höll!
Hans:	Du, da war jetz erst a Fuaßballspiel zwischn dem Himml und der Höll... wer moanst dass g´wonnen hat?
Gretl:	Da Himme natürlich!
Hans:	Eben nicht!... Der Himme hat zwar de bessere Mannschaft g´habt, aber g´wonna hat der Deife, weil d´Höll hat d´Schiedsrichter!... Weil ma grad von de Mannschaftn redn, woaßt du, warum der Mannschaftsbus von 1860 München in letzter Zeit oiwei mit 150 Sachn durch g´schlossne Ortschaftn rast?
Gretl:	Wahrscheinlich, damit´s wenigstens in Flensburg a paar Punkte kriagn!

Der Trolli

Koffa gibt´s, de kann ma fahrn,
da kannst dir glatt des Taxi sparn!
De ziahgt ma hinter sich dann her,
an einem Griff, des fallt net schwer.

Am Teer geht´s guat, owa am Pflaster!
Des is des Radlkofferlaster,
des G´ratterat, des nervt scho gscheid,
net nur bloß di, a de andern Leut.

Und außerdem neigt er zum Kippen,
lässt du ihn über Treppen wippen!
Und fallt er um, dann springt er auf,
und dann nimmt s´Unheil seinen Lauf.
Der ganze Inhalt purzelt raus.
Vor alle Leut, es is a Graus.

Mit roter Birn vor lauter Schama
muasst jetz dei Graffe zammarama:

Von deiner Frau a Neglischee,
Zahnputzbecher, Körperspree,
Schafkopfkartn, Haferlschuah,
oiss im Dreg und d´Leut schaun zua!
De oana grinsn, de andern glotzn,
du selber findst des rein zum Kotzn!

So schnell´s grad geht, hoaßt´s jetza bucka
und oisse zruck in Koffer drucka,
niederknetn, einepressn,
Deckl zua und ja net stessn,
dass s´Schloss net wieder außerspringt!

Und falls dir des auf d´letzt gelingt,
hebst du den Krüppe ganz sanft o
und schleichst dich vorsichtig davo.
An Trolli mächt i net moi gschenkt!
Lieber s´Gnack verdraht und s´Kreiz ausg´renkt!

Altbausanierung

Hans: Also, wenn i di a so oschau, dann muass i scho sagn, dass du dich trotz deim Alter ganz guat g´haltn hast. Bist oiwei no a weng schöner als de andern.

Gretl: Des g´freut mi, dass i dir a so g´fall! Sag amal, was reizt dich denn eigentlich an mir?

Hans: Was mich an dir reizt?... Jedes Wort!

Gretl: Geh, woaßt, du bist scho wirkle scheußle mit uns Frauen! Aber des woaßt scho, dass es viel mehr Frauen gibt auf der Welt, als Männer!

Hans: Klar, weil´s mehra zum putzn gibt, als wia zum denga!

Gretl: Mei, bist du eklhaft und grantig!... dabei lieben erwiesenermaßen 60 Prozent der Frauen Männer mit Humor!

Hans: Ja, weil se Gegensätze anziahgn! Wia unser Herrgott d´Menschn erschaffn hat, hat er zum Adam g´sagt: „Mei, bist mia du guat gelungen... mei, bist du schee... diese kraftvolle Gestalt, diese Anmut, dieser Wuchs, dieses wunderbar proportionierte Antlitz... ich bin begeistert!“...

Und dann hat er d´Eva lang angschaut und hat dann zu ihr g´sagt: „Mei, und du, du muaßt dich halt schminkn!"

Gretl: Eine Frau achtet eben auf ihr gepflegtes Aussehen!... Darum gehngan ja a so vui Damen auf so Wellness-Wochenenden und machen Schönheitskuren!

Hans: Schönheitskuren!... Dass i net lach!... Des san eher Altbausanierungen!

Der Gutschein

Zu ihrem 40. Hochzeitstag hatten die Traudl und der Max von den Kindern einen Gutschein für ein Wellness-Wochenende bekommen. Gutscheine sind zurzeit in. Was soll man auch älteren Menschen schenken, die eigentlich alles haben, was man so braucht. Küchengeräte, Möbel, alles vorhanden. Schmuck, modische Kleidung... die Zeit der Eitelkeiten ist trotz gelegentlichen Auffflackerns im Wesentlichen abgeschlossen. Pralinen und überhaupt Süßigkeiten schaden der mühsam im Zaum gehaltenen Figur. Das wurde bereits im Vorfeld der Feierlichkeiten, als man durch vermeintlich geschickt und unverfänglich formulierte Fragen eventuell heimlich gehegte Wünsche der beiden in Erfahrung bringen wollte, klar und deutlich als unpassend und wenig willkommen abgetan. Ebenso Alkohol in jeglicher Form. Weder getarnt als ein Kreislauf stimulierendes und belebendes Elixier, wie beispielsweise Sekt, oder angepriesen als Wundermittel gegen allerlei Beschwerden in Form hochprozentiger Kräuterextrakte. Der zuständige Hausarzt hatte da längst einen Riegel vorgeschoben unter strengem Hinweis auf recht negativ klingende Nebenwirkungen. Socken, Hausschuhe und Eau de toilette waren bereits aus dem möglichen Geschenkepool zu Weihnachten ausgereizt worden. Womit also könnte man den Eltern Freude bereiten, um die Wertschätzung, die man ihnen entgegenbringt, einigermaßen erkennbar werden zu lassen? Irgendjemand hatte dann die rettende Idee: Gesundheit! Irgendetwas für die Gesundheit! Aber keine Salben, Pillen oder Einlegsohlen! Etwas Besonderes sollte es schon sein, etwas, das aus dem üblichen Rahmen der Verlegenheitsgeschenke herausfiel. Und so wurde im Laufe der Gespräche die Idee „Wellness-Wochenende“ geboren. Die Kinder waren überzeugt, das Geschenk würde Freude auslösen.

Am Tag nach den Feierlichkeiten, als alle Freunde, Bekannten, Kinder und Enkel wieder abgereist waren, sichteten die beiden die Geschenke, die auf dem Tisch im Wohnzimmer aufgebaut waren. Diese wurden zunächst in zwei Kategorien eingeteilt: Behalten oder weiterschenken. Objekte, die letzterer zugeordnet wurden, versah man mit einem Klebeetikett, auf dem der Name des „Spenders“ vermerkt wurde, um Peinlichkeiten, wie die eventuelle Rückgabe an denselben, zu vermeiden. Schnaps, Wein, Sekt, Pralinen wurden so deklariert und in einem Kellerregal bis zu einer eventuellen Weitergabe zunächst gebunkert. Alles, was in die Kategorie „behalten“ fiel, wurde entweder in Schubladen verräumt oder einer genaueren Prüfung unterzogen. Darunter befand sich eben auch dieser „Wellnessgutschein“. Max öffnete das große Kuvert und begann den Inhalt eines aufwendig und gefällig gestalteten Prospektes zu studieren. Bilder eines hübschen Landhotels, heimeliger Zimmer und verschiedener Wellnesseinrichtungen durchzogen den Text, von dem Max nach einigem Herumrätseln meinte:

„Traudl, des is nix für uns! Da brauchst s´Abitur, dass´d des verstehst! Da muasst ja Englisch studiert haben, dass´d da mitkimmst! Horch dia des o: ‚Gönnen Sie sich Beauty und Wellness. Unser exzellentes Spa-Hotel will Sie mit seinem exklusiven Chill-out-Programm verwöhnen. Unsere Beauty-Face-Pflege und eine Anti-Age-Gesichtsmassage mobilisieren in Ihnen ungeahnte Kräfte und lassen Sie dem Alltag entfliehen.‘ Verstehst du den Krampf? I net! Des Glump, des ausländische, des gebn ma zruck! Da lass ma uns s´Geld aussazahln!“

Die Traudl war da aber ganz anderer Meinung. Und gestützt auf die Erfahrungen einiger Freundinnen, gelang es ihr, Max soweit zu überreden, dass man schließlich den Termin wahrnahm.
Wie im Gutschein vorgegeben, kamen die beiden an einem Freitag gegen 17.00 Uhr im Wellnesspalast an, wurden freundlich begrüßt und nach dem Bezug ihres Zimmers sollten sie sich zu einem Welcome-Drink in der Lounge einfinden und anschließend das opulente Candle-Light-Dinner genießen.

„Aber s´Zimmer is wirkle schee, d´Bettn san weich und s´Bad is groß. Und oiss is sauber und gepflegt“, meinte Traudl, nachdem Max unmissverständlich zu erkennen gab, dass er das alles für einen großen Schmarrn und eine reine Beutelschneiderei halte, und dass er lieber zuhause geblieben wäre. Manchmal hatte es die Traudl wirklich nicht leicht mit ihrem Max!

„Und jetz ziahg dia dein Anzug o, damit ma rechtzeitig zu dem Drink owe keman! Geh weida! Hemad, Krawattn, Anzug! Dua di um“, meinte sie gut gelaunt, während sie den Koffer auspackte und wie üblich ihrem Angetrauten flink und mit geübtem Griff alles auf seinem Bett zurecht legte. „Was, des a no! A Krawattn, an Anzug! Ja, gehngan mia vielleicht auf a Leich?! Des wenn i gwusst hätt!“ Und während er demonstrativ unwillig und aufreizend langsam in die ungeliebten Kleidungsstücke schlüpfte, hatte sich Traudl zurechtgemacht und fein herausgeputzt. Sie genoss es sichtlich, wieder einmal aus den eigenen vier Wänden herauszukommen und für ein paar Tage die Rolle der Köchin, Bedienung und Putzfrau hinter sich zu lassen. Außerdem hatte sie sich fest vorgenommen, sich die gute Laune nicht durch ihren chronischen Miesepeter verderben zu lassen. Die Freude über das gesamte Geschehen um sie herum, die Freundlichkeit des Personals, das gepflegte Ambiente und das mehrgängige Candle-Light-Dinner stand ihr ins Gesicht geschrieben. Für Max war das alles eher eine Qual. Er fühlte sich in dieser ungewohnten Umgebung einfach nicht wohl, glaubte sich ständig beobachtet und war heilfroh, als man sich, nach für seine Begriffe arg in die Länge ziehenden Stunden, endlich zurückzog. Traudl war noch ganz aufgekratzt und schwärmte von dem prächtigen Mahl, den Leuten, der Einrichtung und und und... Sie wirkte beunruhigend glücklich. Und so setzte Max alles daran, die rosarote Euphorie seiner besseren Hälfte durch gezielte Kritik und misslaunige

Bemerkungen wieder ins Lot zu bringen. „D´Krawattn hat mi a so gwürgt, dass i des Zeug kaum owebracht hab. Anzug! Jetz hamma an Dreck! An Fleck hab i drauf von dera fettn Soss! Hätt i nur grad mei oide Hosn anzogn! Und des Markerl im Hemad hint hat me a de ganz Zeit g´juckt. Muass i a neis Hemad aziahgn! Und des Haufa Bsteck und Glaslzeigs! Da kennt se ja kein Mensch aus! Und Trümmer Teller und nix drauf! Und lauter Graffe, des neamd kennt! A saubers Schnitzl war mir liaba gwesn!“ Jetzt war das Maß der Duldsamkeit der ansonsten gutmütigen Traudl voll, und so kam es ihrerseits zu einem selbst für Max ungewöhnlichen Gefühlsausbruch, der mit den harschen Worten endete: „Woaßt was, i lass mir von dir ekelhaften Kerl mei guate Laune net verderbn! Und dass´d es glei woaßt: Morgen, bei de Anwendungen, da trenn ma uns! Moanst i schau den ganzn Tag in dei grantigs G´sicht und horch mir dauernd dei G´stänkerat o, du oida Grantler du!“ Sprachs und zog sich die flauschige Bettdecke über den Kopf.

Am nächsten Morgen hatten sich Traudls Gefühlswogen wieder einigermaßen geglättet. Nach dem üppigen Frühstück, dem auch Max ausgiebig zusprach, setzte sich, wie im Flyer angekündigt, ein adretter junger Mann mit Namen Sebastiano an ihren Tisch. Er stellte sich als der hauseigene Gesundheitspädagoge und Wellnesstrainer vor und überreichte den beiden, begleitet von vielen Erklärungen und blumigen Beschreibungen, ihr Wellness-Tagesprogramm. Getrennt, wie es Traudl

gewünscht hatte, sollte man den Tag über die verschiedenen Verwöhnstationen durchlaufen. Erst zum gemeinsamen Abendessen wollte man sich wieder treffen.

Als der hübsche und freundliche Herr Sebastiano an den nächsten Tisch weitergezogen war, was Traudl durchaus bedauerte, vertieften sich beide in ihr Wellness-Action-Programm. Begriffe, die Traudl aus verschiedenen Zeitschriften und Fernsehsendungen durchaus geläufig waren, konnte Max stellenweise nicht enträtseln, oder waren in seinen Augen ein richtiger Schmarrn. Obwohl er sich vorgenommen hatte, des lieben Friedens willen Zurückhaltung zu üben, lief sein Gesicht allmählich bedrohlich rot an. Die anschwellenden Adern auf seiner Stirn kündeten nahendes Unheil an. Und trotz aller guten Vorsätze platzte ihm letztendlich doch der Kragen, wobei die Wortwahl bei der Würdigung einzelner Programmpunkte weder besonders vornehm war, noch von tiefem Verständnis für die gesamte Wellnessmaterie zeugte:

9.30 Uhr	„Fußharmonisierungsmassage mit anschließender medizinischer Fußpflege.“ Soweit kams no! Meine schafwollern Söckl san Massage gnua! Und meine Zehennägl schneid i mir oiwei no selber!
10.30 Uhr	„Das Man-Aktiv-Paket mit ayurvedischer Ganzkörpersalbung und biodynamischer Fit-Aktiv-Rückenmassage bringt Stille in

Ihre Seele.“ So a g´schwollna Krampf!
Da müassat i mi ja nackert ausziahgn!
„Salbung“... ja freile... mächtns uns vielleicht scho einbalsamiern?
So weit is no net! Und außerdem tuat mir s´Kreuz vom Garten umstecha weh, da braucht mir koana hinglanga!
Und „Stille in der Seele“... ein solcherner Blödsinn... i brauch a Stille in de Ohrwaschl... was gega mein Tinitus... in meiner Seele is eh staad!

11.30 Uhr „Happy-Day-Gesichts-Verwöhnpflege für gestresste Männerhaut.“
Da kannst bloß no an Kopf schüttln... mei Männerhaut is an de Händ gstresst, vom Holz hackln, aber net im G´sicht!... I wasch me am Grand draußt, des is mei Gesichtspflege!

12.30 – 13.00 Uhr „Wir bitten zu Tisch: Abnehmbrühe, zwei Scheiben rohe Gurken und ein Glas Mineralwasser als entlastende Wohltat für den geplagten Magen-Darmtrakt.“
Mei Darmtrakt is net geplagt... des mag i scho, an Hauffa Geld verlanga und dann nix zum Essn kriagn!

13.15 Uhr „Farblichtbehandlung mit Shin-Tai Ohrenkerzenanwendung.“
D´Kerzn san bei uns am Christbaam, de steckt mia koaner in d´Luser!

14.30 Uhr „Der Aroma-Energie-Saunagang ist das Highlight der Verwöhnerlebnisse. Hier können Sie die Seele baumeln lassen.“ Soweit kams no!... Unter lauter Nackerte... des oanzige, was da baumelt, des san dene eahnane Wampn und Krampfadern!

15.30 Uhr „Das japanische Moorbad löst Ihre Energieblockaden und öffnet Ihre Sinne von Kopf bis Fuß.“ Ja, pfui Deife... des brauchst net glauben, dass i mi in den Dreg eineleg! Wahrscheinle habns des Moorbad im Programm, dass mir uns schee langsam an d´Erdn gwöhnan!

16.30 Uhr „Zum krönenden Abschluss des heutigen Wellness-Tages verwöhnt Sie noch unser dunkelhäutiger Mitarbeiter mit heißen Stein-Collagen sowie einem Entschlackungsfußbad mit thailändischen Fußverwöhnaromen und einem anschließenden Ganzkörperwickel.“ So, jetz langts!... Heiße Steine!... Verbrenna a no!... Und dann von am Schwarzn eiwickln lassn, dass i mi nimmer rührn kannt!... Fessln a no!... Soweit kams no!...

Die letzten Granteleien und das Geschimpfe ihres Mannes bekam Traudl nicht mehr mit. Wortlos hatte sie den Raum verlassen, ging in das gemeinsame Appartement und trat entsprechend ausgerüstet ihr ganz persönliches

Wellnessprogramm an. Sie genoss den Tag in vollen Zügen, unterzog sich sämtlichen Prozeduren, die ihr der Gesundheitspädagoge aufgeschrieben hatte, gab sich dem indischen Zauber der Stirnölgüsse hin, bekam bei der Edelstein-Kristallmassage das versprochene Gefühl unendlicher Ruhe und Weite, fühlte bei der Klangschalen-Kopftherapie die in Aussicht gestellte Freiheit des Geistes durch ein grenzenloses Klangerlebnis für die Sinne. Und als ihr dann nach einem verwöhnenden Aroma-Fußbad noch Heilketten um- und Heilsteine aufgelegt wurden, schlummerte sie während der anschließenden sanften Pediküre weg.

Erst zum Abendessen trafen sich Traudl und Max wieder. Beide wirkten sie ausgesprochen ruhig und friedlich, waren aber in Anbetracht der nicht unerheblichen morgendlichen Spannungen recht wortkarg. Traudl war es, die das etwas bedrückende Schweigen brach und von ihrem dicht gedrängten Programm ausführlich berichtete. Sie schwärmte richtiggehend davon, wie gut ihr der Tag getan hätte und wie wohl sie sich jetzt fühle. Max gab zu erkennen, dass ihn das für sie sehr freuen würde, stellte Fragen zu den Behandlungen und wirkte dermaßen interessiert, aufgeräumt und heiter, dass ihn Traudl nach ihren umfangreichen Ausführungen einigermaßen erstaunt fragte, wie denn sein Tag verlaufen sei.

Dieser freundlichen Aufforderung kam Max auch nach und berichtete von seinem Wellnessprogramm: „Am Vormittag hab i mi im Ort umgschaut, bin a weng spazierngnganga. Dann hab i oan gfragt, wo man da guat isst. Der hat mir an Kirchnwirt empfohln. Dort hab i dann Mittag zwoa Paar Weißwürst gessn und zwoa Hoiwe Dunkls trunga. War ausgezeichnet! Am Nachmittag bin i um den Kursee ummaganga, und z´letzt hab i mir no a Haferl Kaffee und a Stückl Tortn kauft. Also, mir hat der Tag sehr guat g´falln. So a Wellness-Wochenende sollt ma uns öfter leistn! Dir tuats guat und mir aa!“, meinte er augenzwinkernd. Als Traudl nach einer, für sie ungewöhnlich langen Zeit erstaunten Schweigens die Fassung wieder erlangt hatte, mündete der Tagesrapport der beiden schließlich in ein unbeschwertes

Lachen. Es wurde ein sehr netter, langer Abend, und die übrigen Gäste, meist auch ältere Paare, warfen so manchen, etwas neidischen Blick auf das ganz offensichtlich lebenslustige Paar.

Unmittelbar nach dem Frühstück trat man die Heimreise an und verzichtete auf den Goodbye Drink. Die Kinder freuten sich, als ihnen noch am Abend des gleichen Tages per Telefon von dem gelungenen Wochenende berichtet wurde und waren froh, mit dem Wellnessgutschein ganz offensichtlich ins Schwarze getroffen zu haben.

Der alte Koffer

Mia hamma ganz an oidn Koffa
und mit am Ream und einer Glufa
haltn mia den Deckl nieder!
Zwar is er wirkle scho recht schieder,
aber wennst´n sehgst, dann falln dir glei
Erinnerungen pfundweis ei:

Beim Gedanken an de Hochzeitsroas
wird mia heut no oiwei hoaß.
Und wia oft der in Italien war
mit uns und unserer Kinderschar!

I mag koan andern! Schluss und aus!
Der tuats für uns, der hoit uns aus.
Des Geld, des was a neier kost,
versauf ma liawa! Weiwe Prost!

Flugangst

Mia und fliagn... ja nie und nimmer!
In diese riesen Flugzeugtrümmer
bringt uns neamd nei, des woaß i g´wieß!
Denn vorher scho hast du ein Gschieß:
Mit´m Auto z´erscht auf Minga fahrn,
wohin dann mit dem blädn Karrn?

Oa Woch a Stellplatz kost so vui,
wia a Flug nach Hongkong mit da TUI!
D´rum stelln ihn d´Leut zu einem Bauern,
denn de warn oiwei scho de Schlauern.
Und der übernimmt dann den Transfer,
des klappt ganz guat, da hast koa G´scher.

Zwoa Stund bevor de Fliaga startn
muasst du scho da sei und brav wartn.
Sechs Stund hast vorher scho vergeigt,
bis dass der Vogl in Himme steigt.

Dawei bin i mit´m Auto scho
z´weitest drunt bei Jesolo!
Vor allem aber, muass i sagn,
tuat uns de Flugangst höllisch plagn.
Fliaga braucha mia zwoa net,
weil s´Fliagn, des is uns sauwa z´bläd.

Zwischenmenschliche Abgründe

Leut gibt´s, de könnan vier Sprachn:
Die sprechn bayerisch, deutsch, durch d´Nasn
und über andere.

Größe 38

Gretl: Du, da hat jetz neule a Frau am Wochenmarkt Äpfe eikauft, weil se ihra Mo soiche eibuit hat. Dann hats b´sonders schöne ausgsuacht g´habt und fragt d´Standlfrau: „San de mit Gift g´spritzt?" „Na", sagt de drauf, „guade Frau, des müassns scho selber machn!"... Und a andere hat erzählt, dass de wichtign Sachn grundsätzlich ihra Mann entscheidet... bloß san seit eahnana Hochzeit koane wichtign Sachn mehr vorkomma... Da sehgst es wieder amoi deitle, das große Wort in der Familie führen immer die Frauen!

Hans: Des stimmt!... Wia der oane Lehrer vom Gymnasium... der hat glatt fünf Sprachn umsonst studiert, weil er dahoam net zu Wort kimmt!... „An schöna Gruaß an dei Frau", hat neule oana zu eahm gsagt, „für den Fall, dassd wieder amoi was sagn derfst dahoam!"... Des wennst a so siehgst, wia de Männer unterdrückt werdn, da bin i direkt froh, dass i oiwei no a Junggsell bin! ... Woaßt du eigentle, was a Junggsell is?

Gretl: Des wird wieder was sei! So sag scho!

Hans: A Junggsell is oana, dem zum Glück d´Frau fehlt!

Gretl: Ja, ja, red du nur!... Aber kocha und auframa derfans scho, da sans scho recht!... Die meistn Frauen kaufn sogar die Hosn für eahnane Männer ei, weil´s de Größe auswendig wissen! Eine Hausfrau ist eine wahre Perle!

Hans: Aber die Perl-Mutter!... De mehran Frauen könnan ja gar nimmer kochn!... De schaun ja scho im Kochbuach nach, wenn´s d´Wäsch auskochn!... Und des bissl auframa!... Wer auframt, is bloß z´faul zum suacha!... Und d´Hosngröße!... De von de Männer wissns scho, aber de eigne!... A Frau geht in an Ladn nei um a G´wand und verlangt Größe 38. De Verkäuferin schaut de Kundin an und bringt Größe 44. Und... passt!

D´Leserbriafschreiber

D´Leserbriafschreiber, de mag i gern,
des san de Gerechtn vor dem Herrn.
Zumindest moanans, sie warn recht g´scheid
und wüsstn über oiss Bescheid.
Ob denn der Papst oiss richtig macht,
sie wissen´s besser, war doch g´lacht!
Warum d´Politik net funktioniert,
und auf der Straß so vui passiert,
G´schäfter schliaßn, Pleite macha,
d´Motorradl oiwei so kracha,
de Ärzte am Verhungern san,
der Landrat mit seim Wirtschaftsplan,
dass d´Metzger falsche Würst verkaufa,
warum´s vor de Discos so gern raufa.

Zu allem habns a eigene Sicht
und gehngan mit de Leut in´s G´richt.
An allem nörgeln, kritisiern,
als hättn eh bloß sie a Hirn.

Kluge Ratschläg datn´s gebn
und liegen doch selber meist danebn.
Soweit´s sich um an Spinner draht,
weltfremd, harmlos, bloß verdraht,
der einfach d´Welt verbessern möcht
und immer moant, nur er hätt Recht,

wenn so oana dann ungeniert
über d´Zeitung informiert,
was er glaubt und was er denkt,
dann is der selber zwar beschränkt,
doch is koa Schadn, tuat koam weh,
liest ja eh neamd dem sein Schmäh!

Schlimmer san de andern Heldn,
de in der Welt draußt sonst nix geltn,
fanatisch san und voller Frust.
De gebn dann mit großer Lust
zu allem eahnan Senf dazua,
stichln fest und gebn koa Ruah.

Grad wichtig deans de Besserwisser!
Im Leben draußt san des meist Schisser.
Und weil neamd auf sie luust und hört,
da schreibn´s an Zeitung und werdn gschert.
Und trotzdem geltens dann net mehrer,
de Gschaftler, Gscheiderl, Oberlehrer.

Am schlimmstn san, de in ihrm Zorn
an andern nehman auf ihr Horn.
Und habn´s dann oan in der Kralle,
dann spuckn´s bloß no Gift und Galle!
Vor Hass und lauter Übereifer
rinnt eahna drauf der giftig Geifer
aus´m Mund direkt in d´Feder.
Schon schreiben´s an Briaf, damit a jeder

von ihrer Wuat und eahnam Groll
in der Zeitung lesen soll.
Oft klingt des dann recht g´schert und derb,
die Wortwahl is ganz häufig herb.
Sie wolln ja schließlich a verletzn,
an andern gscheid in´s Feuer hetzn.

Die allergrößte Haupttriebfeder,
von de Leser woaß des jeder,
des is bekannt doch weit und breit,
des is de Missgunst und der Neid!

De allermeisten Briaferlschreiber
des san Männer, koane Weiber!

Was treibt de Leut, was is der Grund?
Is eahna Psyche net ganz gsund?
Oder is der Partner gar der Hetzer,
Nörgler, Stichler, Messerwetzer?

I denk, de nehmen se bloß z´wichtig,
sie glauben einfach, sie san tüchtig,
voll durchgeistigt, wortgewandt
und fühlen sich total verkannt,
weil d´Leut san bläd und kennens net,
wie hoch man über ihnen steht.

Und für Kritik sans gar net offn,
da fühln sa se ganz schwer getroffn.

Sagst denen d´Wahrheit, grad wia´s is,
vollbringen die glei so a G´schieß,
fühln se verletzt, und des ganz tiaf
und schreibn sofort an Leserbriaf.

Man nennt so was Verfolgungswahn,
und weil man des kaum heilen kann,
muasst solche Menschn schon beizeitn
links liegen lassn, einfach meidn.

Schnurloses Telefon

Gretl: Also, wie jetz wieder alle über de Politiker herziahgn!... De könntn ei´m scho direkt leid doa!... Als Politiker brauchst scho a dicks Fell!

Hans: Ja, ja, manche Politiker haben so a dicks Fell, dass a ohne Rückgrat steh könnan! Und alle miteinand lüagns!

Gretl: Aber am bessern lüagn de Banker und de Manager von de großn Konzerne!... Wenn d´Raffgier kloa macha dat, könntn de unterm Teppich Fallschirm springa!... Die Charakterlosigkeit wenn Radl fahrn könnt, müassatn de bergauf bremsn!... Alle miteinand habns an Charakter, wia a Klärgruabn!... Und... lauter Männer!!!

Euch Männer wenn man a Pflaster aufs Hirn aufepickt, könnt ma des Hohlraumversiegelung nenna!

Hans: Na, na, du traust de vielleicht!...Wenn sich Männer mit dem Kopf beschäftigen, nennt man das „denken“... bei den Frauen nennt man das „frisieren“!

Gretl: Von wegen!... Die Frauen san eindeutig g´scheiter ois wia es Männer, denn ein Mann gibt seine Intelligenz an die Kinder weiter, aber d´Frauen b´haltn se de ihra! Eine moderne Frau kann heute über die Probleme der indischen Telekomunikationstechnik oder über die strukturelle Ungerechtigkeit der Mehrwertsteuererhöhung mitdiskutieren!

Hans: Aber de meistn haltn nach wie vor de Mikrowelle für an Computer!

... Kennst du eigentlich den Vorteil eines schnurlosen Telefons?

Gretl: Und was is des nacha?

Hans: D´Frauen können nur so lang ratschn, bis der Akku leer is!

Goldene Hochzeit

Hans: Du Gretl, da hat jetz neule a so a altes Paar Goldene Hochzeit gfeiert, unser Buagamoaster is zum Gratuliern komma und hat den Jubilar g´fragt, was für eahm eigentle die schönsten Jahre warn, seit er verheirat is.
Zuerst hat der a wenig über legt und schließle hat er g´sagt: „De fünf Jahr in der Kriegsgefangenschaft!“

Woaßt du eigentle, was man einer Frau zeigt, wenn´s zehn Jahr unfallfrei g´fahrn is?

Gretl: Na, was denn?

Hans: Den zwoatn Gang!

Gretl: Geh, du!... Dafür san Frauen vui besser organisiert ois wia d´Männer... de dean was für ihresgleichen!... Für de Junga gibt´s an Girls Day, und erst neule war der Weltfrauentag!
Da san sogar bei uns da d´Frauen auf d´Straß ganga und habn auf ihre Probleme aufmerksam g´macht!

Hans: Ah, da schau her... und i hab g´moant, d´Krötnwanderung is scho wieder angangen.

Gretl: Oiso, du bist so was von unverschämt!... Aber, woaßt du, wia mans merkt, wenn d´Männer oid werdn?

Hans: Na, wia denn?

Gretl: Wenn sie sich beim Schuah zuabindn überlegn, was denn no oiss erledign könntn, wenn´s scho amoi da herunt san!... Aber oans fallt mir in letzter Zeit scho auf, dass se allwei mehrer so oide Knacker ganz junge Frauen nehman... vor allem de Politiker... schau dir doch zum Beispiel unsern Altbundeskanzler Kohl an, oder an Müntefering!

Hans: Des is bloß zwengs an Geld!... Schau her, wenn de beispuismaße ins Kino gehngan, zahln de bloß an halbn Preis!... er kriagt an Seniorenrabatt und sie hat an Schülerausweis... aber dua de net owe, a junger Engl wird a amoi a oida Deife!

Ganz alltägliche Schicksalsschläge

Wenn d´Sonn unterganga is, werfn
a große Leut koan Schattn mehr.

D´Frau is krank

Mei Frau is krank, a Gripp hat´s troffa,
und i hab s´Gfrett und kann bloß hoffa,
dass boid überwindt de blädn Virn.
Wer soll denn sonst im Haus zamkehrn?
Fenster putzn, Bettn macha,
d´Wäsch verrichtn, Kuacha bacha?
Mittag kocha, d´Hemdn bügln?
Mit da Bürstn in Abort neistriegln?
Äpfe brocka, Söckl flicka,
an Opa sei Gebiss zampicka?
Wer soll des dreckig Gschirr abspuin?
An Fußpuder im Bad nachfuin?
Am End bleibt des an mir jetz hänga!
Am bestn is, gar net dran denga!

Aber es hilft hoit nix! Ihr gehts recht haude.
Vierzg Grad Fieber san koa Gaudi!
Der Dokta moant, des braucht zwoa Wocha,
i soll mia halt jetz selber kocha
und Hausmann sein!... Der redt se leicht!
Und d´Frau de schwitzt und blast und keucht!

Bald mag´s a Wasser, braucht an Tee!
So schnell, glaub i, kimmts net in d´Höh.
Der Kopf brummt ihr, im Hals hat´s Schmerzn,
drauf sticht sie´s wieder drunt am Herzn...

De oanzig Freid:... sie soll net schmatzn,
„sonst vergeht es nicht, im Hals, des Kratzn“,
sagt der Dokta und haut ab.
I ziahg mi o und dann trab, trab,
muaß i in d´Apothekn flitzn.
Und möchst es glaubn, i kimm in´s Schwitzn.
Tablettn holn, am Absatz kehrt,
damit sie sich ja net beschwert,
i brauchat z´lang zum Zeig eikauffa!
Drum muaß i renna, hetzn, lauffa!

Vor lauters gschwind is dann passiert:
I hab de Treppn scho no g´spürt...
aber leider wars da schon zu spät!
Und mi haut´s hi, und zwar so bläd
gstreckterlängs auf s´Pflasta nieder.
Bua, des war mir vielleicht z´wieder!
Am Knia a Loch, der Huat is kuglt,
und wia se dann oana runterbucklt
und saudumm fragt, ob i hingfalln wär,
da fällt mir s´Zruckhaltn schon schwer!
Ja is der blind, der bläde Kunt?
„Na“, sag i, „i wohn da herunt!“
I kriach in d´Höh und humpl hoam.
S´Gwand voll Dreg und voller Loahm.
D´Schuah ziahg i scho im Hausgang aus.
Da schmeck i´s scho, mir kimmt der Graus:
i muaß bei dera Hetzerei
glatt in an Hundsdreg neigfalln sei!

Apot

Net schlimm! Des kann ma aussawaschn,
reiß d´Medizin raus aus da Taschn
und ziahg a neue Hosn an.
Ab jetz is nur noch s´Weiberl dran!
I nimm mir vor, dass i sie frag,
ob sie vielleicht a Teele mag?
A Safterl zum Tablettn nehma?
Oder soi vielleicht da Dokta kema?

Und dann hab i an Fehler gmacht!
Hab´s freundle gfragt und dabei glacht:
„Kann ich noch etwas tun, mein Schatz?"
I war no net fertig mit dem Satz,
rumpelts in d´Höh, vom Schwitzn feucht,
richt´ sie sich auf und kräht und keucht:
„Und dass des klar is... de kommad Wocha
muaßt du putzn, waschn, kocha
und s´ganze Häusl aussasaugn!"
und funklt me o mit fiebrige Augn!
Da bleibt für s´Fernsehn keine Zeit!
Und grad auf des hab i mi gfreut.
Endle einmal selber schaltn!
Fuaßball schaun oder den Altn!
Bis kurz vor Mitternacht fest zappern,
und niemand dat dazwischnplappern!
Da bleibt mir scheints der Schnabl sauber,
abschminkn kann i mir den Zauber!
Da geh i liaba bald ins Bett,
sonst hab i morgn recht a Gfrett.

Dann nahm das Schicksal seinen Lauf.
Am erstn Tag war i guat drauf:
S´Wäsch verrichtn hat´s mir gschafft!
I hab des ganze Glump zamgrafft
und bin in d´Waschküch zur Maschin.
„In da Anleitung steht alles drin!
de muaßt guat lesn und studiern,
und d´Wäsch muaßt vorher no sortiern!“

Ja bin i bläd?... Des bissl Waschn!
Mach s´Türl auf, schütt von der Flaschn
an gscheitn Guss in d´Tromml nei.
Da is doch wirkle nix dabei!
Dann stopf i d´Blusn, d´Hemdn, d´Söckl,
und von da Frau des rote Röckl,
mein Hundsdreckmantl schee in d´Mittn,
der hat beim Hinfalln ganz schee g´littn,
drauf noch Pullover, Büstnhalter,
mach s´Türl zua und dreh den Schalter
auf „Kochwäsch“, dass gscheit sauber wird.
Und oans steht fest und is mir klar,
was allweil habn mit eahnam Gschmarr,
man müaßat höllisch obacht gebn,
und schaust net auf, geht oiss danebn!
Die Temperatur muass exakt stimma,
sonst kennst dein Gwandl hernach nimmer!
A so a Schmarrn!... de dan bloß wichtig!
I mach des aus´m G´fühl scho richtig!
Betriebsanleitung brauch i keine!

De Sach de lös i ganz alleine
mit Logik, Hirn und mit Verstand!
Wasser marsch! Bis nauf zum Rand!

Buntwäsch drucka, auf d´letzt no schleidern.
A so kimmst bei dem Gschäft am weitern.
Jetz lass i da Maschin sein Lauf,
mach mir a gscheite Hoiwe auf!

Drauf fahr i a no gschwind zum Tankn
und schau erst dann nach bei der Krankn.
Ganz heiser krächzz im Fieberwahn:

„Wia kimmst denn mit der Wäsch voran?
Hast genau g´lesn, d´Wäsch sortiert?
D´Blusn und d´Söckl ausanand dividiert?
D´Kochwäsch von der Buntwäsch trennt?
Des richtig Waschmittl verwendt?“

„Des Glump in d´Tromme einehaun,
a Knöpfe drucka und bläd schaun,
des is des ganze Auf und Nieder!
Da sehgt ma´s jetza deutle wieder,
wie einfach d´Hausarbeit doch is!
Weil oans des woaß i ab jetz gwieß:
Es brauchts doch wirkle kam was doa!
De Arbeit macht d´Maschin alloa!“
Und bevor sie no was schnabln kunnt,
da bin i scho im Keller drunt.

Weil langsam kemman mir jetz Zweife,
Buntwäsch, Kochwäsch... ja zum Deife,
wenn i da doch was falsch gmacht hätt?
Des kann net sein, des war scho bläd!
Und wirkle, wia i d´Tür aufmach,
lauter Schaum und Dampf und Rauch!
An Notausschalter find i net
vor lauter Schaum um des Gerät.
I tua me langsam vieretastn
zum Türl von unserm Sichrungskastn,
schraub d´Sichrung raus und schon is Nacht.
Des bring i hin, war doch gelacht!
Mit Taschnlampn und drei Kerzn,
mit Schrubber, Eimer, unter Schmerzn
mach i der Sauerei ein End.
Blasn hab i an de Händ.

So sauber war´s da herunt no nia!
Druck den Knopf von da Waschmaschintür.
De springt glei auf, und dass i euch sag,
i glaub, mi trifft glattweg der Schlag!
Was i da rausziahg... lauter Hadern,
d´Blusn werfan direkt Bladern,
d´Hemdn, d´Söckl... alles rosa!
Einganga san a meine Hosna!
Mei Mantl, der hat nimmer s´Kenna!
de Knöpf san weg... es is zum Flenna!
Da Büstnhalter von der Frau,
der is was wordn, der is a Schau!

Der schaut jetz einem Teesieb gleich.
I reiß oiss aussa, werd ganz bleich.
Wia kann denn so was bloß passiern?
Bin doch net bläd, hab doch a Hirn!

Sie derf nix wissn von der Gaude!
Gott sei Dank is sie so haude,
dass sie de Wocha ganz bestimmt
in d´Waschkuchl net owa kimmt!

Am nächsten Tag, ganz früah am Morgn
dua i des Graffe dann entsorgn
und kauf oiss neu... hoamle und gschwind,
dass neamd auf meine Fehler kimmt.
I kann euch sagn, Bua des, Mensch Meier,
des kost a Geld, war furchtbar teuer!

De andern Tag san ruhiger gwen,
san koane größern Sachn gschehgn.
Nix passiert!?... des war jetz glogn!
In Staubsauger hat´s d´Katz neizogn,
zwoa Scheibn beim Fenster putzn z´haut,
und beim Kocha von dem Kraut
oisse anbrennt... des hat g´rocha!
D´Klobürstn im Abort abbrocha,
beim Abspüln a paar Tassn z´schlagn...
aber sonst könnt i woaß Gott net klagn!
Im Kühlschrank is überhaupt nix mehr,
oiss zamgessn, völlig leer!

I greif jetz zruck auf´n Tiefkühlschrank.
Da san no Haring, Gott sei Dank!

Also... teuer war de Wocha scho,
und i war langsam wirkle froh,
wenn sie bald wieder gsund dat werdn!
I will mi wirkle net beschwern...
bloß... wer kimmt jetz für den Schadn auf?
I glaub da zahl i sauber drauf!
Nebenbei hab i an Gwicht verlorn
aber dafür bin i gscheida wordn:

D´Hausarbeit, des woaß i jetz
de is koa Gaude und koa Hetz,
is ganz schee hart... da brauchst a Gschick.
Und hast a Frau, dann hast a Glück!

Wahlen

Hans:	Also, bei de meistn Politiker muaß im Büro ganz schee kalt sei!
Gretl:	Wia kimmst jetz da drauf?
Hans:	Weils vor der Wahl immer sagn, bei ihnen stünden immer alle Türen offen!
Gretl:	Apropos Wahlen... de Wahlen, de fürchtn die Politiker am meisten, davor habns alle Schiss!
Hans:	Ja, mei Gretl, kein Truthan gfreut sich auf Weihnachtn!

Die Schnäppchenjagd

S´Eikauffa is a Sach für d´Frau.
Und de meine, de woaß ganz genau:
Des Shoppn hass i wie die Pest,
weil des gibt mir jedsmoi an Rest,
im Supermarkt des Zeig zamsuacha.
Da könnt i manchmoi direkt fluacha!
I schiab halt ungern so an Wagn,
vui liaba dua i Stoana tragn!

Doch manchmoi hilfts halt einfach net,
sie kann net weg, und des is bläd!
I muaß des Glumperts dann besorgn,
kriag an Zettl früah am Morgn,
da steht oiss drauf, was i kaufa soll.
Des Körberl nimm i auf gar koan Fall!
Da moanatn d´Leut, i bin unterm Pantoffe!
Dass i neamd seh und treff, des hoffe.
Zur Tarnung häng i an Rucksack um,
weil des war mir dann denerscht z´dumm,
mit´m Klopapier durch d´Siedlung geh,
des war ja wirkle net grad schee!

Im Geh dua i scho den Zettl lesn,
weil schließle soll i nix vergessn.
Auf Weihnachtn is nimma weit,
zum Leckerlbacha höchste Zeit!

Die Zutatn soll i heit holn
und soll des Ganze bar dann zahln:
Vier Zitronat und Oranschat,
a Glasl Zwetschgnmarmelad,
Rumaroma, Hirschhornsalz,
a Flaschn Weißwein aus da Pfalz,
Zuckerfeign und dörrde Birn,
Mandln, Streichkäs und an Zwirn,
Yoghurt, Mehl, fünf Packl Butter,
Zahnstocher und Katznfutter,
vom Kühlregal a halbe Antn.
Und langsam kriag i so an Grantn!

Der Zettl hat koa Ordnung net!
Des Zeig zamsuacha wird a Gfrett!
Des Glump des muasst amoi erst finden!
Des oa is vorn, des ander hintn,
versteckt ganz drunt oder ganz weit drobn!
Da müassatst glatt a Navi habn.
Da hab i Stundn, und des gwieß,
alloa mit´m Suacha recht a Gschieß!
Und dann des Graffe hoamwärts schleppn!
Mia Männer san de größtn Deppn!

Ganz früah bin i dann losmarschiert.
Beim Aldi san no d´Türn zuagsperrt.
Dass i da erst bin, brauchst net glaubn,
und i kann meine Augn kaum traun:
So vui Leit! Was de scho möchtn?!

I merks, de dean nach Schnäppchen spechtn!
Montag is! Und im Prospekt
hat de Kundschaft längst entdeckt,
heut gibt´s günstig Lesebrilln,
Leitern und Gesundheitspilln.
I schnapp mia a Wagl, stell mi o,
denk nix Schlechts, da schreit a Mo:
„Aufsperrn dans, jetz richts euch Leit!"
Aber de san längst scho startbereit
und rennan los Richtung Lesebruin,
und mi schiabns mit, um Himmels Wuin!
„I brauch nix aus dem Angebot",
schrei i ganz laut und werd dann rot.

Nix hat´s g´holfa! Unverdrossn
wird da dränglt, g´remplt, g´stoßn.
De Frau vor mir hat an Schuah verlorn,
a Rentner rammt vor lauter Zorn,
weil er halt nimmer so schnell kann
as Wagl von seim Nebenmann
hinein in de Regalschtelasch
mit de Dosn Rindsgulasch.

Rechts von mir war anfangs oana,
a ganz a Schlauer, recht a Kloana,
der hätt se hoamle und ganz staad
an mir vorbei ganz vieredraht!
Wia i des spann, kimmt mir da Zorn.
Bin scho mit andere fertig wordn!

Und schiabn dann mit meinem Wagl
gewaltsam unter d´Weißbiertragl.
Da hat´s g´schepert, kracht und zischt!
Mein Vordermann hat´s a dawischt.
D´Frauen schrein, de Kinder quengln.
Warum miassn´s a mit dene Bengln
an so am Tag zum Aldi geh!
Des kann ma wirkle net versteh!

Da geht´s um´s Leben, da laufst Gefahr,
dass dich de damisch Käuferschar
dadruckt, dadatscht, darennt, damaht,
und gibst net obacht, is schnell z´spat
und du landst gstreckterlängs
im Kühlregal auf de Weihnachtsgäns!

Grad wia i abbiagn wui zum Butter,
überholt mi rechts a Urgroßmutter.
Nimmt mir mit ihrem Gehfreiwagl
die Vorfahrt bei de Glühweintragl!

I kann net aus, bin in der Mitt
und nebnanand ras ma zu dritt
nei in´s Regal mit de Nikoläus.
Rechts von mir, der dünne Preiss
is in de Adventsgestecke g´landt.
Der tragt seitdem an Kopfverband.

Der Rußlanddeitsche links von mir,
der riacht nach Wodka und nach Bier.
Hat´s den über´s Voglfuada gschmettert,
und wie er wieder außerklettert,
rutscht der auf de Meisnknödl aus!
Der bleibt jetz liegn und schlaft se aus.
Zum Glück findt i am Wagl Halt,
und schon geht´s fort mit aller G´walt.
Da Rucksack hängt no an oam Reame,
vom Mantl fehlt mir rechts da Ärme,

d´Handschuah fort und d´Hosn z´rissn,
d´Hosnträger san a no g´rissn!
Jetz muaß i glatt mit oana Hand
mein Beinkleid haltn und s´ander Gwand!

Mei Huat!... Den muaß i später suacha!
Hinter mir hör i de Leit scho fluacha,
weil vorn is a Stau, und nix geht weiter.
Da wirft nämle da Supermarktleiter
in jedes Wagl a Lesebruin.
„I brauch doch koane, um Himmels Wuin!"
Nix hat´s g´nutzt, da Gang wird breiter,
jetz schiabns mir no a Aluleiter
in mein Fahrzeug untn nei!
So schlecht kann des doch gar net sei!

Und plötzle packt mi, wia de andern Leut
da Kaufrausch. Und mit voller Freud
lass i mi dann nach vorn hinschiabn
zu de Bettvorleger und Sonnenschirm.

Oiss so billig und so günstig!
Und i, i hoff dann ganz inbrünstig,
dass i no irgendwas dawisch
von dem riesen Schnäppchentisch.
Da liegt oiss, was net o´bracht ham,
vom Sturzhelm bis zum Hundekamm.
Oisse nützle und sein Preis wert!
Kaufa! Des is nia verkehrt!

Mein Zettl muaß i verloren habn,
wia´s mi unter d´Zimtstern neigwamst habn.
Längst kauf i rein noch nach Gefühl.
De oanzig Chanc bei diesem G´wühl.
Und wo i grad vorbeikema dua,
da g´lang i hi, da greif i zua!

Sowas hab i no nia dalebt,
dass da de ganze Halle bebt,
d´Weiber kreischn, d´Kinder plärrn,
a Klosterfrau, de im Namen des Herrn
no schnell a Kerzn ergattern wollt,
is leider g´stürzt, wird überrollt!

Links probiert oana Trainingshosn,
aber wird von hintn a so gstoßn,
dass´n kopfüber einehaut
zwischn Weihnachtsstolln und Sauerkraut.
Da liegt er drin, wia a Wasserleich,
mit gschlossne Augn, kreidebleich.

Des Ganze is scho wirkle klasse!
Ein mords Event! Bloß an der Kasse
da stockt´s jetz gscheid, da gibt´s a Gaudi,
da hat a so a Schnäppchenrowdy
koa Geld dabei, zahlt mit der Kartn,
und alle andern müassn wartn.
Und durch des G´schroa und des Getös
wird der Mo so stark nervös,

dass er d´Geheimzahl vergessn hat!
So, jetz hamma den Salat!
Von hint´n schiabns und des net wia
de Vordern d´Wagl unter d´Knia.
D´Kassierin schnablt und macht Druck:
Mit all seim Graffe soll er z´ruck
und oisse wieder dort eirama,
wo er´s gnomma hat! Ein Jammer!

Des is eahm z´vui, und er wird wuade,
d´Augn unterlauffn eahm ganz bluade,
er packt sei Wagl mit zwoa Händ
und wirft de Ladung gega d´Wänd.
Der Yoghurt spritzt, der Honig rinnt,
der Mo draht durch! I glaub der spinnt!
Er lasst oiss liegn und naus beim Tempe.
„Ja, g´hoits euch doch den ganzn Krempe“
schreit er no und lacht ganz irr
und is scho draußn bei der Tür.
Drum, wennst recht schlechte Nervn hast,
is besser, wennst an Aldi lasst!

Z´letzt hat se beruhigt de ganze Lage.
Für mi stellt se jetz die bange Frage:
Mei Wagn is voll, langt mia mei Geld?

I hab überhaupt net zamazählt.
Mei, de Blamasch... und erst de Schand!
Kram im Geldbeutl umanand,

leg alles auf des Bandl nauf
und lass dem Schicksal seinen Lauf.
I kimm in´s Schwitzn, d´Kasse rattert,
auf´s Display schau i ganz verdattert,
und dann zoagt se am Datenspeicher:
Hundert Euro. Des kannt reicha!

De letztn Groschn kratz i zam,
gibs der Kassierin und wirf dann
mei Beute in den Gitterkarrn.
A Hirn wennst hast, kannst wirkle sparn!

Und wia i langsam hoamwärts troll,
mit der Aluloata, da Rucksack voll,
kimmt mia mei Weiberl in den Sinn.
Stolz wird´s sei, wia gscheid i bin!

I geh in´s Haus, leer meine Taschn,
will sie voll Stolz dann überraschn.
Und trotz meim bestn Machogrinsn
geht doch des ganze in de Binsn.

Sie wird bleich und duat an Schroa.
Der geht ma glatt durch Mark und Boa.
Bewußtlos wird´s und sinkt auf d´Erd.
Irgend was lauft da verkehrt!

I gib ihr glei an Melissengeist,
und wia´s dann d´Äugerl weit aufreißt,

da sprudelt´s aus ihr aussa dann,
was i unmögle wiederholen kann!

Was de mi gnennt hat! Kaum zum glaubn!
Des hätt i net amoi im Traum
mia denkt, was sie von mia oiss halt:
„Du Hirsch, du miserable Gstalt,
du Narr du“, hör i´s giftig pfauchn,
„di kann ma doch zu gar nix brauchn!
Ja, hast denn du überhaupt koa Hirn?“
Drei Tag hat´s gwettert, plärrt und gschrian!

Der Gerechte muss halt viel erleiden!
Aber oiss hat a no a andere Seitn:
Denn über oans bin i entzückt:
Nie mehr hat´s mi zum Eikauffa gschickt!

Pleitegeier

Gretl: Also de Finanzkatastrophe setzt de Leit gscheid zua. Manche ham eahna ganz Geld verlorn. De ham jetz nix mehr! De wissen oft gar nimmer, wias weitergeht!

Hans: Und de großkopfertn Banker und Manager ham abgsahnt! De san no reicher wordn! De wissn nimmer wohin mit dem vuin Geld, wias eahnan Zaster anlegn solln! Oiss is so unsicher heutzutag. Und jetz traut se von dene koana mehr investiern. D´Aktien falln a dauernd!

Gretl: Des oanzige, was da no bleibt, san de Steuern. In de kannst beruhigt investiern, weil de falln garantiert net! De steign bestimmt wieder o!

Hans: A so a Schmarrn! In Steuern investiern! Des geht doch gar net! Steuern sind Abgaben, die jeder Bürger an die Kommunen oder den Staat abführen muß!

Gretl: Jeder! Dass i net lach! De Kloana schon, weil dene wird´s vom Gehalt glei abzogn. Aber de Großn! De meistn von dene ham eahnan Diredare längst hoamle nach Liechtnstein oder in d´Schweiz gschmugglt.

De zahln keinen Euro Steuern! Z´dumm zum Glühbirn wechsln, aber as Steuerhinterziehn, des beherrschns!

Hans: Und de Bankn in dene Länder sagn eahna a no, wias am bestn bscheißn kenan! De Schweizer Bankn tragen zur Steuerehrlichkeit genauso vui bei, wia a Schnapsbrennerei zur Sicherheit im Straßenverkehr!

Gretl: Aber jetz geht´s dene gscheid nass nei! Seitdem de Scheibn auftaucht san mit de Namen von dene Schweizer Bankkunden, san viele „ehrbare" Bürger auf oamoi sehr unruhig!

Hans: Grad recht gschiehts dene Steuersünder, wenn´s es jetz dawischn!

Gretl: Weil koana woaß, ob er net a auf einer solchn Scheibn drauf is! Gegn de is momentan a aufgscheuchter Hühnerhaufa direkt a geordnete Formation! Mi gfreuts, wenn´s de Baze endle amoi gscheid strafn!

Hans: Wirst sehgn, dene passiert garantiert wieder nix! De oan zeign se selber o, damits net in Knast nei miassn! Und des bissl Steuern, des zahln de doch mit links nach! Und de andern, de gehnga vor Gericht! Und da woaß ma dann eh, wia des ausgeht! Des dauert dann Jahre, bis amoi a Verhandlung is. Dann is entweder oiss längst verjährt, oder de Schlawiner nehman a paar ausgfuchste Steuerberater und an raffiniertn Anwalt, und schon passt de Sach!

Gretl: Und an Psychologn! Der weist dann nach, dass den angeklagten Steuersünder keinerlei Schuld trifft, weil er eine schwere Jugend g´habt hat. Mit sieben Jahren hams eahm schon an Blinddarm aussagnomma und seine Eltern konnten sich nicht ausreichend um ihn kümmern, weil sei Vater a künstliche Hüftn und sei Mutter a Glasaugn ghabt hat. Und schon sprechen ihn unsere Herrn Richter frei! Womöglich kriegt er obendrein no a Abfindung und Schmerznsgeld! Dene großkopfertn Banditn passiert gar nix!

Hans: Wahrscheinle kriegns no an Bonus auszahlt, wia de Manager von de Bankn! De ham vor lauter Blödheit, Gier und Renditewahn de mühsam zamgspartn Netscherl von de Leut verzockt und de ganze Welt an den Rand des Ruins bracht! Und was is passiert? Prämien hams no kriagt dafür, dass d´Wirtschaft gega d´Wand gfahrn ham! Und jetz muass da Staat eispringa und de Milliardn Verluste übernehma!

Gretl: Ja, ja, zu de verkrachtn Banken kommt der Bundesadler und hilft mit zig Milliarden! Und zu de Kloana kimmt der Pleitegeier!

Moderne Ratgeber

An Witwer derfst net heiratn!
Du muasst dir oan suacha, denst no selber abrichtn kannst!

Die Fernsehküche

Wenn sich unerwartet Besuch ankündigt, wenn es gilt, rasch etwas Besonderes auf den Tisch zu zaubern, dann wälzte die arme Hausfrau in grauer Vorzeit ein Kochbuch. Heute bedient sich die multimedial aufgeschlossene Köchin eines der zahlreichen Fernsehköche. Einschalten und solange zappern, bis man in der passenden Kochsendung landet. Da kann die schlichteste Durchschnittsköchin zu den brillantesten Ergebnissen gelangen, da Fehler praktisch auszuschließen sind. Alles kann bis ins Detail exakt beobachtet, erlebt und damit spielend leicht nachfabriziert werden. Erlebniskochen nennt man das heute! Man muss nur aufmerksam zuschauen! Wie geht Rühren, wie hält man einen Kochlöffel am effizientesten, wie sieht eine geneigte Schüssel aus, wie schüttet man Salz, wie schabt man Teig richtig usw. usw. usw. Ein wunderbar offenes Kochbuch! Geeignet für sowohl absolut unbedarfte Küchentrottel, als auch für die gehobene Hausfrau mit höchsten Ansprüchen. Und dann erst die Raffinesse beim Anrichten! Eine Augenweide! Da werden Gänseblümchen, Palmkätzchen, Rosenblätter und was halt sonst noch im Garten so ´rumliegt oder an der Straßenböschung wächst, von einem Drei-Sterne-Koch über ein raffiniert gekämmtes Mousse au Chocolat auf schwarzer Holundersauce zwischen mariniertes Pistazienschaum gestreut. Alles essbar! Köstlich! Nouvelle Cuisine! Dabei vollführt dieser graziös vorgetragene Körperdrehungen, die einem eingesprungenen Doppelsalcho nicht unähnlich sind. Wer Eindruck schinden will, kocht heute Fernsehküchen-mäßig! Heimische Kost ist megaout!

Vor einiger Zeit stand der Besuch von Freunden an. In unserem kleinen Kreis ist es üblich, dass man sich in unregelmäßigen Abständen gegenseitig zu einem netten Abend einlädt, bei dem die jeweils gastgebende Hausfrau versucht, etwas besonders Gutes auf den Tisch zu zaubern. Und nachdem das schon seit vielen Jahren so praktiziert worden war, wurde es zunehmend schwierig, Wiederholungen zu vermeiden. Die Bekannten überrascht man gerne mit neuen Kreationen aus der eigenen Küche. Und diesmal sollte nach den Vorstellungen meiner Frau etwas Neues, Ausgefallenes auf die Teller. Also Fernsehgerät einschalten! Kochsendungen suchen! Ich wurde als Hilfskraft verpflichtet, sollte gegebenenfalls Rezepturen mitschreiben, Zutaten und Anweisungen zur Verarbeitung derselben notieren. Außerdem sollte ich mir die Reihenfolge der Vorgänge merken sowie Brat- bzw. Kochzeiten festhalten. Eine ausgesprochen verantwortungsvolle Aufgabe, waren doch all diese Angaben letztendlich entscheidend für das Gelingen des Menüs. Kleinste Ungenauigkeiten konnten sich da bitter rächen, dessen war ich mir natürlich bewusst. Aber bei dem Tempo des Vortrages und der zeitweise sehr schlampigen Aussprache der verschiedenen Kochexperten war das nicht einfach!

Ich schrieb, was das Zeug hielt, immer wieder angefeuert von meiner Liebsten durch aufmunternde Zurufe, wie: „Schreib!“ oder „Hast des notiert?“ oder „Dua de um, i muass wieder umschoitn zur Nachspeis!“. Die bessere Hälfte hatte sich nämlich entschieden für eine würzige, chilenische Bohnensuppe als Vorspeise aus dem ZDF, für einen Rinderschmorbraten auf argentinische Art als Hauptgericht, welcher von RTL angeboten wurde, und irgendeine exotische Nachspeise auf SAT mit Früchten, von denen ich noch nie gehört hatte und die ich wahrscheinlich gespickt mit Rechtschreibfehlern rein nach Gehör zu Papier brachte. Da die drei Sendungen gleichzeitig liefen und Wichtiges keinesfalls verpasst werden durfte, musste ständig zwischen drei Kanälen hin und her geschaltet werden. Das erforderte einerseits höchste Konzentration, war sehr verwirrend und zwang gelegentlich auf Kosten einwandfreier Lesbarkeit zu einer äußerst großzügigen Schreibweise mit vielen Abkürzungen. Anders war das nicht zu schaffen!

Das bedeutete andererseits, dass anschließend manches nicht mehr recht zu entziffern war und somit etliches offen blieb. Unterstützt vom gesunden Menschenverstand und Kraft meines vermeintlich zuverlässigen Erinnerungsvermögens ergänzte ich guten Gewissens lückenhafte Angaben. Nachdem etliche Zutaten noch nie zur Grundausstattung unserer Vorratsschränke gehört hatten, mussten zunächst umfangreiche Einkäufe getätigt werden. Zusammen versuchten wir dann, gestützt

auf meine Aufzeichnungen, die ausgewählten Gerichte dem häuslichen Herd zu entlocken. Ich las vor, sie führte aus, zwischendurch unterbrochen von einem harschen „nomoi!“ oder „des gibt´s doch net!“ bzw. einem resümierenden „des wird nia was!“ Und da hatte sie Recht, wie meistens!

Bei der chilenischen Bohnensuppe mussten, wahrscheinlich durch das ständige Umschalten, Anweisungen aus der Nachtischrezeptur eingeflossen sein. Sie blieb trotz mehrfacher Versuche und Änderungen ungenießbar.

Natürlich meine Schuld! Mich konnte man nach Ansicht meiner Frau in der Küche wirklich zu gar nichts brauchen! Nicht einmal Rezepte kann der abschreiben! Auch an die argentinische Rinderpampe erinnere ich mich ausgesprochen ungern. Wie die schon aussah! Schrecklich! Und so schmeckte sie auch! Bezüglich des exotischen Nachtisches scheinen mir in der Eile Zutaten und Mengenangaben derart durcheinander geraten zu sein, dass sich auch hier kein Erfolg einstellte. Was also tun? Hektik, Vorhaltungen verschiedenster Art, Vorahnung von Schmach und Schande. Verzweiflung.

In diese Trostlosigkeit hinein wagte ich, der Zeit seines Lebens keinerlei Zugang zur Kocherei gefunden hatte und in punkto Zubereitung also absolut inkompetent war, zaghaft einen Vorschlag: „Also, i mächat Fleischpflanzl mit Kartoffelsalat. Davor a Mehlsuppn und hinterher an Kaiserschmarrn mit Apfelkompott." Ich esse halt nun mal am liebsten ganz biedere, aber schmackhafte Hausmannskost. Nach anfänglich entrüsteter Ablehnung folgte eine längere Phase der Skepsis, die dann aber letztlich doch in eine widerstrebende Annahme meines Vorschlages mündete. Schließlich war so ein Gericht mit einem ausgesprochen hohen Risiko für die Hausfrau behaftet, denn die Wahrscheinlichkeit war groß, als einfallslos und rückständig abgestempelt zu werden. Zumindest in Richtung Küche. Einerseits getrieben vom Faktor Zeit und andrerseits, weil sie wusste, dass sie wenigstens auf mich als Zujubler zählen konnte, entschloss sich meine Frau dann zur Umsetzung. Und sie ist wirklich eine ausgezeichnete Köchin. Dieses Kompliment muss ich ihr nach langjährigen Erfahrungen uneingeschränkt machen.

Die Freunde kamen. Als Aperitif gab es einen doppelten Obstler. Mein Fachgebiet! Da kenn ich mich aus! Das hob schon mal gleich die Stimmung!

Und als wir dann zur bayerwäldlerischen Mehlsuppe frisches Holzofenbrot zum „Einbrocken" anboten, waren nach einigen überraschten, ratlos scheelen, weiblichen Blicken, zumindest die Männer alle schon gewonnen. Zumal zwischen den einzelnen Gängen regelmäßig ein Obstler zur Ankurbelung der Verdauung gereicht wurde. Und nach Fleischpflanzl, Kartoffelsalat und Kaiserschmarrn war der Küchenbann endgültig gebrochen.

Einfache, heimische Hausmannskost ist halt immer wieder eine wahre Freude für bayerische Gaumen. Und dass unsere Gäste genauso dachten, ließ sich aus den herzhaft zubereiteten, bodenständigen Schmankerln schließen, die uns von da an auch bei den Freunden angeboten wurden. Seit dieser Begebenheit werden bei uns daheim Kochsendungen, die von den verschiedenen Fernsehsendern angeboten werden, einfach überzappert.

Sieben-Gänge-Menü

Hans: Des is scho schad, dass die Frauen heute immer seltener selber kochan!...
Wenn heutzutag a Mo die Kochkünste seiner Frau lobn möchte, dann sagt er: „Liebling, hast du das selber aufgetaut?“

Gretl: Des muaß ma scho versteh!...
Viele Frauen san heute berufstätig!...
Da bleibt zum Kocha einfach koa Zeit!...
Und außerdem is des eh ungerecht, dass oiwei d´Frauen kocha müassn!

Hans: Aber da sagst nix, dass d´Männer des Zeigs essn müassn!...
Und weil de Männer den Fertigmampf nimmer dapackan, entschließen sie sich immer öfter zum bayerischen Sieben-Gänge-Menü!

Gretl: Und was is des nachher?

Hans: Des is a Leberkassemme und a Sechser-pack Bier!...
Viele Männer gehen heute schon zum Essn in a Wirtshaus.
... In manche habns da schon fünf Mal in der Woch an Leberwurschttag.

Gretl: Geh weida!...
Da essn de bloß no a Leberwurscht?

Hans: Na, na, de essn gar nix, de trinkn bloß no, weil dene eahna Leber wurscht is!

Reisevorbereitungen früher

De Vorbereitung auf a Reise
war früher wirkle koa Problem.
Ohne Hektik, staad und leise,
ganz pomadig und bequem
hat ma da sein bissl Sach
in an Koffer eineg´schlicht.
D´Unterwäsch ins Seitenfach
zu de Pulverl gegen d´Gicht.

D´Söckl und de zwoate Hosn,
d´Handtüachl und s´Zeug zum Waschn,
d´Schlappn und der Schmei in Dosn
kommen untn in de Taschn
z´samm mitm Pfoadl für die Nacht.
Des Zeug kannst ganz fest zamapressn
weil des dem überhaupt nix macht.
Und d´Taschntücher net vergessn!

Des scheene Hemad obenauf,
den Kragn g´stärkt und frisch gebüglt –
auf des derf jetza nix mehr drauf.
Des Packn, des war ausgeklügelt.
An Deckl zua und s´Schloß ei´gschnacklt,
an Ream no drüber zwengs n´Hoitn.
Vui hams net g´habt, da war glei packlt,
dann sans zum Bahnhof, unsere Oidn.

Moderne Reisevorbereitungen

Heut schaut des oiss ganz anders aus:
A oanzigs G´hetzad und ein Stress.
Des Packln is heut glatt ein Graus!
Hemdn, Hosn, ganze Stöss.

Zettln hast und lange Listn,
da steht oiss drauf, dass´d nix vergisst.
Dann holst dein Trolli, de Trumm Kistn
und wirfst da nei den ganzn Mist.

Auf deiner Listn machst an Hagl,
dann bist sicher, dass´d oiss hast.
Des Gwandzeug is glei drin im Wagl,
doch der ander bluads Balast!

Technik im Urlaub

Ohne Strom bist heut ein Depp!
Oiss geht mit Watt, nix mehr von Hand.
Dabei is des bloß lauter Nepp.
Doch da redst glatt gegn a Wand!

Im Urlaub brauchst heut an Computer,
a Kamera, a digitale,
a Babyphon für die junge Mutter,
zwoa, drei Handy, neue, schmale,
des Zahnbürstl braucht a an Strom,
Laptop und Rasierapparat,
oiss hat Volt, Ampere und Ohm.
Am Tisch legst dir des oiss parat:

Vierzehn Stecker und zwölf Kawe
derfst auf keinen Fall verschwitzn,
da geht´s dir wirkle ganz schee drawe,
du muasst grad renna, hastn, flitzn.

D´Gebrauchsanweisung, de is wichtig,
sonst kennst di überhaupt net aus,
denn lädst den Akku du net richtig,
fällt die gesamt Gerätschaft aus!

A ganze Woch net telefoniern,
kein Foto und kein SMS,

des datn viele grausam g´spürn,
des war für vui der blanke Stress.

Das Ende dat des dann bedeutn
vom Spaß an dera Urlaubsfahrt,
da wuarads dann sofort zum Streitn,
denn manche traf des furchtbar hart.

Statt Video und ummazappern,
googln und auf high tech macha,
müasst ma miteinander plappern,
lesn, ratschn, spuin und lacha,
spaziern geh und d´Natur betrachtn,
bei Kerznlicht a G´schicht erzähln.
De meistn könntens net verkraftn,
weil dene dat die Technik fehln.

Und deswegn glaub i ganz bestimmt,
wenn d´Leut im Urlaub einsam san,
dass des bloß von der Technik kimmt,
drum rat i, lassts des Glump dahoam!

Der Berater

Ein Mann steht mit seinem Golf auf dem Recyclinghof. Heckklappe geöffnet, Wertstoffe wie Glas, Kunststoffe, Eisen, Kupfer ordentlich getrennt in verschiedenen Plastikkübeln, dazu ein verschnürter Packen Altpapier. Neben ihm parken mehrere andere Autos, ebenfalls beladen mit allerhand Abfall. Eben will er die Sachen in die verschiedenen Container verteilen, da braust ein schwarzer Mercedes auf den Hof und hält unmittelbar neben ihm. Ein Herr mittleren Alters steigt aus, teurer Lagerfeld-Anzug, Krawatte, edle Brille, schwarze Stiefeletten, modischer Haarschnitt. Der schreitet rasch über den Hof und blickt dabei interessiert in sämtliche offen stehenden Kofferräume. Schließlich bleibt er bei dem Mann stehen und spricht ihn an: „Geben Sie mir ein Gebinde aus Ihrem Kofferraum, wenn ich Ihnen sage, wie viel Müll Sie pro Jahr produzieren, und wie Sie Ihre Rente aufbessern könnten, wenn Sie diese Wertstoffe an der richtigen Stelle verkaufen, anstatt sie hier ohne jeglichen Gewinn zu verschenken?"

Der Mann überlegte und sagte: „Einverstanden".

Der feine Herr fotografiert darauf mit seinem Handy die Objekte im Kofferraum des Mannes, schließt das Handy an seinen Laptop an, geht über Google-earth in eine Satelliten gestützte, global gesteuerte Börsendatei und beginnt allerhand Zahlen, Formeln und Fachbegriffe einzutippen. Nach ein paar Minuten erscheint auf dem Display eine

Unmenge von Zahlen und Begriffen, die sein Drucker im Fond des Mercedes in Form langer Listen und Tabellen ausspuckt. Die beginnt er sofort zu lesen, markiert mit rotem Filzstift einige Angaben und sagt dann zu dem Mann: „Ihr Haushalt produziert jährlich 378,49 Kilogramm Gesamtmüll. Davon sind 82,74 Kilogramm Glas, 46,13 Kilogramm Kupfer und Messing sowie 197,33 Kilogramm Papier. Wenn Sie diese Stoffe dem richtigen Händler verkaufen, anstatt sie hier zu verschenken, können Sie einen beträchtlichen Gewinn erzielen."
Wieder drückte er etliche Tasten auf seinem Computer und sagte dann: „Beispielsweise lassen sich heute in München Höchstpreise für Edelmetalle erzielen, während in Wien das meiste für Glas bezahlt wird, und für Kunststoffe bezahlen heute die Händler in Hannover Spitzenpreise! Das ist ein Tagesgeschäft, verstehen Sie, die Gewinne schwanken natürlich, Sie müssen sich regelmäßig über Internet informieren!" Sprachs, nahm das verschnürte Bündel Papier aus dem Kofferraum des Golf und hob es in seinen Mercedes.
Der Mann sagte nach einiger Zeit des Überlegens: „Geben Sie mir mein Bündel zurück, wenn ich Ihnen sage, welchen Beruf Sie ausüben?"
„Einverstanden", meinte der feine Herr.
Der Mann stützte sich auf die offen stehende Tür seines Wagens und sagte: „Sie sind Banker!"
„Das stimmt tatsächlich!", erwiderte der andere erstaunt und fuhr fort: „Aber sagen Sie, wie kommen Sie darauf?"
„Das war eigentlich ganz einfach", sprach der Mann.

„Erstens sagten Sie mir Daten, die völlig überflüssig sind, zweitens versuchten Sie mich mit dubiosen Versprechungen zu Geschäften zu überreden, von denen Sie selbst nichts verstehen, und die für mich absolut unwirtschaftlich wären, bei denen ich nur draufzahlen würde. Außerdem sind Sie nur auf Ihren persönlichen Vorteil bedacht und haben ganz offensichtlich aus der derzeitigen Krise nichts gelernt, weil Sie es nach wie vor nur auf absolut wertlose Papiere abgesehen haben.“

Sparen

Gretl: „Jetz, bei dera Wirtschaftskrise hoaßt´s sparn, sparn, sparn!“, sagt unser Buagamoaster... des Wort „sparen“ is des oanzige Wort, des er in sieben Sprachn fließend beherrscht. Unser Gemeinde is so arm, dass nirgends mehr investiern können! D´Straßn san in einem miserablen Zustand, dass d´Leut grad a so wirft in de Auto drin!... Jede Fahrt wird da zu einer osteoporösen Tortur!... Nach so einer Fahrt kannst dein Kreuz als Tiermehl verfüttern!... Überoi Riss und Schlaglöcher, so groß, wia in einer rumänischn Gemeindestraß!

Hans: Der Bauhof hat a koa Geld nimmer!... Dene eahna Fuhrpark!... Lauter oids Glump!... Dene eahnane Fahrzeuge rumpln und scheppern a ohne Schlaglöcher schon vor lauter Altersschwäche!... Neule habns wieder amoi an Unimog in d´Werkstatt bringa müassn zum Repariern. Den schaut se der Mechaniker genau o und sagt dann: „Am bestn war´s, mir schraubatn euch zwischn de zwoa

Nummernschilder a neus Fahrzeug eine!... Oiso, wenn euer Karrn a Ross war, dat ich´s daschiaßn!“

S´Packerl

A jeder hat sei Packerl z´tragn,
der oane tragts ohne groß z´klagn,
de ander jammert zwengs jedm Dreg.
De wenn i hör und wenn i sehg!
Solche Sorgen wenn mancher nur hätt,
der war froh von früah bis spät:

Im Hamambad war s´ Handtuch schon wieder zu rau,
die Austern im Golfclub waren total flau,
in der Wellnesssauna war der Dampf zu trocken,
de ander hat an Juckreiz von de Schafwollsocken,
d´Frisös hätt oana d´ Haar falsch tönt,
der andern hams an Belle z´hoaß gföhnt,
beim Golfspuin hat oana as Loch net glei troffn,
und jetz, jetz könnt er halt bloß no hoffn,
dass s´ Handicap net aufesteigt,
sonst wär de ganz Saison vergeigt.
Und bei der andern, stell dir vor,
da hat der Porsche am Auspuffrohr
an Kratzer an der Chrommanschette
und beim Bückn hat se de Perlenkette
am Golfbag verfangt und is drauf glatt grissn!
De hat´s dann glei in Abfall neigschmissn.

De ander hat jetz no an gewaltigen Schock
wega am Fleck auf ihrm Schottenrock.

Da hat doch glatt oana in Sankt Moritz,
oder war´s vielleicht schon vorher in Kitz,
beim Après-Ski an Bordeaux umgworfa!
Des Teil is hin, da huift koa Soafa!
Ein solches Stück ist schwer zu kriegen,
um a neues muass jetz nach London fliegn!
Da ander klagt übers Internat,
wo Kinder san, in der Schweiz, in Gstadt.

Wieder oana is jetz fast scho hundert,
eahm geht´s ganz guat, was koan echt wundert.
Der hat se stets von der Arbeit druckt,
für sich nur glebt und eineduckt,
nia nachdenkt, wias am andern geht,
für den warn alle andern bläd!
Und oiwei scho jammern von früh bis spät,
wia schlimm er dran is, wia schlecht´s eahm geht.

Und jetz im Alter, nix wia wimmern,
kein Mensch dat se um eahm mehr kümmern.
Jetz is eahm d´Frau a no davo.
Koa Wunder, bei am solchen Mo!
Da Doktor moant, er war ganz gsund,
hat a rosa Haut und is kugelrund.

Bei solchene Nöt und Katastrophen,
da kann ma wirkle bloß no hoffen,
dass endle amoi in d´Welt nausschaun
und den Blick net mit sich selbst verbaun.

Vielleicht bleibn eahna s´Elend und d´Sorgn
wirkle deswegn bloß verborgn,
weil´s nur auf eahna selber achten
und ausschließle bloß danach trachten,
dass alle Mitleid mit eahna ham.
Dabei san ganz vui schlechter dran!

Bei manche fehlts von vorn bis hintn:
Der oane kann koa Arbeit finden,
beim andern is a Kind behindert,
was aber den net daran hindert
sein schweres Packl zu ertragen,
staad und still, ohne zu klagen.

Manche pflegn eahnane oidn Leut
und trotz der Mühsal spürns no Freud,
weil´s z´ruckgebn können jetza oiss,
was eahna de Oidn gebn dortmals
an Liab und Drucka, Gernhabn, Herzn.
Da lasst se manches dann verschmerzn.

Wennst moanst, dei Packerl war des größte,
dann rat ich dir, dann wars des beste,
du schaust amoi in a Pflegeheim.
Und nach zwoa Stundn dortenbleibn,
da merkst und sehgst und spürst ganz gwieß,
wia kloa dei Packerl wirkle is.
Oder geh bloß durch a Krankenhaus.
Da kimmst bestimmt ganz anders raus,

da kriagst vielleicht an andern Blick
für dei Problem, da spürst glatt Glück,
wia guat, dass dir vergleichsweis geht
und findst es nachträgle fast blöd,
wiast aufbauscht hast dei kloans Problem,
ois hätts auf der Welt nix Schlimmres gebn.

Drum, seids zufrieden, bleibts bescheidn,
und lernts halt euer Packerl leidn!

Pisastudie

Hans: I habs ja allweil scho g´sagt, dass de Kinder in Bayern am g´scheitern san!... Da les i grad, in dera Pisastudie is aussakemma, dass d´Kinder in Bayern und Sachsn am bestn lesn und schreiben können...

Gretl: ... obwohl in dene zwoa Bundesländer gar kein Deutsch g´sprochn wird!

Hans: Mi wunderts direkt, dass de Kinder so guat san, bei dem Durcheinander, den se de Kultusminister dauernd ausdenkn! Da is ja jede Henn g´scheiter... de gackert erst, wenn s´Ei g´legt is!...
Und d´Kinder und d´Lehrer müassn den Mist ausbadn!

Gretl: Ja, ja, d´Lehrer habns heut wirkle nimmer leicht! Deswegn mag ja a neamd mehr Lehrer werdn!

Hans: Dabei gäbs zwei gute Gründe, Lehrer zu werden.

Gretl: Ja, freile, was denn für oa?

Hans: Juli und August! Lehrer wennst wirst, hast ausgsorgt, da hast an sichern Arbeitsplatz, ... freile is der halberte Tag versaut!